Daftar Isi

DISELAMATKAN TAPI HILANG: ORANG YANG TIDAK BERMUSLIM – Edisi Bahasa Indonesia

"Dia diselamatkan lima kali... tetapi tidak pernah dimuridkan sekali pun."

Sebuah kisah yang mengungkap kesedihan Surga — dan harapan Gereja.

Oleh

Duta Besar Senin O. Ogbe ; Kenyamanan Ladi Ogbe ; Zacharias Godseagle

Halaman Hak Cipta

DISELAMATKAN TAPI HILANG: ORANG YANG TIDAK BERMUSLIM

Diterbitkan oleh:

Zacharias Godseagle & God's Eagle Ministries

Penulis:

Zacharias Godseagle

Comfort Ladi Duta Besar Ogbe

Senin O. Ogbe

Dicetak di Amerika Serikat.

Tentang buku - DISELAMATKAN TAPI HILANG: ORANG YANG TIDAK BERMUSLIM

Apa yang terjadi ketika keselamatan menjadi sebuah statistik — dan bukan sebuah cerita?

Di jantung kota Nairobi, seorang pendeta yang penuh semangat membangun sebuah gereja besar di atas panggilan altar yang penuh kuasa. Setiap Minggu, ribuan orang mengangkat tangan—tetapi hanya sedikit yang benar-benar bangkit dalam iman. Anita Wambui, seorang mahasiswa yang sedang mencari jati diri, merespons berulang kali—"diselamatkan" lima kali tetapi tidak pernah dimuridkan sekali pun.

Ketika seruannya minta tolong meledak di internet, hal itu menghancurkan ilusi sebuah benua dan mengguncang hati Surga.

Melalui kehidupan Anita, Pendeta Esther, Ruth, dan sisa umat yang sederhana, kisah profetik ini menyingkap kebenaran yang berbahaya: **keputusan tidak menghasilkan murid — hubunganlah yang menghasilkannya.**

Terinspirasi oleh peristiwa nyata di seluruh Afrika dan sekitarnya, *Saved But Lost* adalah perumpamaan sinematik yang menyerukan gereja, pendeta, dan orang percaya untuk kembali ke hati Yesus — di mana kebangkitan dimulai dengan akar, bukan alang-alang.

◈ *"Karena engkau suam-suam kuku... Aku akan memuntahkan engkau." — Wahyu 3:16*

Akankah kita melambat cukup lama untuk berjalan bersama-Nya?

DESKRIPSI SAMPUL BELAKANG BUKU PAPERBACK

Bagaimana jika diselamatkan… tidak pernah cukup?

Saved But Lost mengikuti Anita Wambui — seorang wanita muda yang "dilahirkan kembali" lima kali tetapi tidak pernah menjadi murid sekalipun — dan Pendeta Esther Mwangi, seorang pendeta yang bersemangat yang pelayanannya yang cepat berbenturan dengan kebenaran jalan Yesus yang lambat.

Dari gereja-gereja besar yang gemerlap di Nairobi hingga lingkaran pemuridan yang tenang di bawah pepohonan, narasi yang mencekam ini menyingkap titik buta terbesar gereja modern: akar yang dangkal di bawah altar yang gemerlap.

Ketika kesaksian Anita yang viral menjungkirbalikkan suatu bangsa, sisa-sisa bangkit — para pendeta bertobat, murid-murid muncul, dan Kristus mendapatkan kembali Mempelai Wanita-Nya.

Sebuah kisah profetik dan sangat emosional yang terinspirasi oleh peristiwa nyata, *Saved But Lost* memanggil setiap orang percaya, pemimpin, dan pencari untuk menemukan kembali amanat yang terlupakan: **"Pergilah dan jadikanlah semua bangsa murid-Ku."**

Dari Afrika ke berbagai negara, sebuah gerakan baru dimulai — tidak lebih keras, tetapi lebih dalam.

Karena Surga menghitung hati, bukan tangan.

KATA KUNCI

1. Novel pemuridan Kristen
2. Fiksi Kristen Afrika
3. Perumpamaan gereja modern
4. Kisah keselamatan dan pemuridan

5. Drama Kristen yang inspiratif
6. Kisah transformasi berbasis iman
7. Kebangkitan melalui hubungan

- "Fiksi Kristen tentang pemuridan dan pertumbuhan rohani"
- "Drama Kristen Afrika tentang keselamatan dan iman"
- "Novel inspirasional berbasis iman tentang gereja modern"
- "Kisah-kisah yang mengajarkan perbedaan antara orang yang bertobat dan murid"
- "Buku-buku Kristen tentang bimbingan, transformasi, dan kebangkitan"
- "Kisah-kisah Kristen profetik tentang iman yang dangkal dan akar yang dalam"
- "Buku untuk pendeta dan pemimpin tentang pemuridan sejati"

DEDIKASI

Kepada **tubuh Kristus** ,

yang kadang kala berteriak lebih keras daripada mendengar —yang menghitung orang yang bertobat tetapi lupa nama —namun, melalui kasih karunia, masih mendengar Yesus mengetuk.

Kepada setiap **Anita** — yang mencari, tulus, dan tak terlihat —

dan setiap **Ester** — yang terpanggil, berbakat, namun belajar lagi untuk duduk di kaki-Nya.

Kepada **generasi pembuat murid berikutnya** ,

yang akan membangun meja, bukan menara —dan mengajarkan hati, bukan tagar.

Karya ini kupersembahkan untukmu.

Semoga engkau berjalan dalam kepenuhan Amanat Agung—bukan untuk bergerak lebih cepat, melainkan untuk melangkah *lebih dalam* .

UCAPAN TERIMA KASIH

Setiap kisah yang menggugah hati berawal dari bisikan dari Surga. *Diselamatkan Namun Tersesat: Seri Pemuridan* lahir bukan hanya dari kreativitas, melainkan dari beban — beban untuk melihat orang percaya berakar, bukan tergesa-gesa; dimuridkan, bukan sekadar dinyatakan selamat.

Rasa terima kasih kami yang terdalam kami sampaikan kepada:

- **Tuhan Yesus Kristus** , yang masih berdiri di pintu dan mengetuk — memanggil gereja-Nya kembali ke pekerjaan kasih dan transformasi yang lambat.
- **Roh Kudus** , guru dan pembimbing kita, yang keyakinannya melahirkan murid sejati.
- **Comfort Ladi Ogbe** , istriku tercinta dan rekan kerja, yang suara, doa, dan wawasannya menghembuskan kelembutan dalam setiap renungan dan doa dalam seri ini.
- **Tim Global God's Eagle Ministries (GEM)** , yang dedikasinya, kreativitasnya, dan imannya yang tak tergoyahkan membuat visi ini menjadi kenyataan melalui tulisan, film, dan teknologi.
- Kepada setiap pembuat murid, pendoa syafaat, dan orang percaya di seluruh Afrika, Amerika, Asia, Eropa, dan seterusnya — yang memilih jalan sempit kedalaman daripada tampilan.

Ini untuk Anda — sisa-sisa yang bangkit dalam kasih, kebenaran, dan kuasa.

Duta Besar Senin O. Ogbe,

Ahli Strategi Transformasi Nasional, Pelayanan Elang Tuhan – GEM

KATA PENGANTAR

Ketika Keputusan Menggantikan Pemuridan

Matius 28:19 | Lukas 6:46–49 | Wahyu 3:20

“Lihat, Aku berdiri di muka pintu dan mengetok...”

— *Wahyu 3:20*

Di seluruh negeri, saya telah menyaksikan kerumunan orang membanjiri altar, air mata berjatuhan, tangan terangkat, hati tergerak. Para pendeta bersukacita, statistik meningkat, namun—ketika musik mereda—keheningan pun menyusul.

Terlalu banyak dari mereka yang memulai di altar tidak pernah melanjutkan di Salib. Kita merayakan *keputusan* , tetapi mengabaikan *pemuridan* .

Kita menghitung *angka* , tetapi melupakan *nama* .

Buku ini, *Diselamatkan Namun Hilang* , lahir dari kepedihan itu — kepedihan yang tak terhitung banyaknya orang percaya seperti Anita, yang diperkenalkan kepada Yesus tetapi tidak pernah diundang untuk *berjalan bersama-Nya* . Saya telah bertemu ratusan orang di seluruh Afrika, Asia, Amerika, dan sekitarnya — semuanya menggemakan satu seruan hening:

"Saya diselamatkan... tapi saya tidak pernah ditunjukkan cara hidup."

Gereja modern telah menguasai kecepatan — pertumbuhan yang cepat, hasil yang cepat, pertobatan yang cepat. Namun Yesus tidak pernah memanggil kita untuk terburu-buru; Dia memanggil kita untuk mengikuti. Amanat Agung tidak mengatakan, *"Pergilah dan buatlah orang-orang bertobat."* Amanat Agung mengatakan,

"Pergilah, jadikanlah semua bangsa murid-Ku..." (Matius 28:19)

Dan pemuridan bukanlah suatu momen — melainkan suatu **perjalanan** .

Panggilan untuk Kembali

Di setiap generasi, Tuhan berseru — sebuah pengingat akan apa yang telah hilang dari kita.

Hari ini, seruan itu jelas: "**Kembalilah ke akar.**"

Cahaya kita telah tumbuh lebih terang daripada cinta kita.

Panggung-panggung kita telah menjadi lebih riuh daripada keheningan kita di hadapan-Nya. Dan gereja-gereja kita, meskipun penuh, seringkali kelaparan rohani.

Roh Allah memanggil para pemimpin, pendeta, penginjil, dan orang percaya di mana pun untuk memperlambat langkah — untuk menukar *ketergesa-gesaan dengan akar* , *ketenaran dengan pembentukan* , dan *sensasi dengan kekudusan* .

Kita harus berhenti menghasilkan anak yatim rohani dan mulai membesarkan putra dan putri di Kerajaan.

Cermin untuk Zaman Kita

Kisah Anita bukanlah fiksi — melainkan sebuah cermin.

Kisahnya mencerminkan Nairobi, ya — tetapi juga Lagos, London, Manila, Mexico City, New York, dan Yerusalem. Kisahnya mencerminkan setiap persekutuan di mana tangan terangkat dalam penyembahan, tetapi hati masih berkelana.

Ia bertanya kepada kita:

- Apakah kita membawanya kepada Yesus atau kepada diri kita sendiri?
- Apakah kita mengajarkan mereka suara-Nya atau hanya program-program kita?
- Apakah kita berjalan bersama mereka melewati penderitaan mereka, atau berkhotbah melewati air mata mereka?

Ilusi kebangkitan tanpa hubungan itu berbahaya.

Kerumunan mungkin bersorak, tetapi Surga mungkin masih menangis.

Yesus berkata,

"Banyak orang akan berkata kepada-Ku: Tuhan, Tuhan..., tetapi Aku akan berkata: Aku tidak pernah mengenal kamu."

(Matius 7:22–23)

Ini bukan kutukan — melainkan ajakan.

Sebuah ajakan untuk kembali ke *kedalaman* , ke *pemuridan* , dan ke *pintu gerbang transformasi sejati.*

Momen Profetik

Ketika saya berdoa atas pekerjaan ini, Tuhan berbicara kepada hati saya:

Senin, Gereja-Ku telah menguasai panggilan altar, tetapi melupakan tindak lanjutnya.

Mereka melahirkan mereka, tetapi membiarkan mereka berdarah. Katakan kepada mereka — Aku masih mengetuk.

Saat itu saya menyadari bahwa pemuridan bukanlah sebuah strategi — melainkan misi penyelamatan.

Setiap orang yang belum menjadi murid Kristus adalah jiwa yang terombang-ambing — satu keputusan menjauh dari keputusasaan, satu pertanyaan tak terjawab menjauh dari jalan keluar.

Itulah sebabnya *Saved But Lost* ada:

Untuk menunjukkan kepada kita apa yang terjadi ketika keselamatan ditawarkan tanpa penggembalaan. Untuk menyadarkan kita akan perintah Yesus yang terlupakan — *"Gembalakanlah domba-domba-Ku."*

Kebangkitan Telah Dimulai

Di seluruh dunia, sebuah sisa umat beriman sedang bangkit.

Lingkaran-lingkaran kecil di bawah pohon, di ruang kelas, di rumah-rumah — umat beriman berkumpul kembali, bukan untuk dihibur melainkan untuk diubahkan.

Dari Nairobi ke Abuja, dari Manila ke Madrid, dari São Paulo ke Seoul — hati-hati terbuka, dan Injil sejati *berjalan bersama-Ku* kembali.

Inilah gerakan yang diwakili oleh *Saved But Lost* — sebuah panggilan untuk memperlambat langkah, duduk di kaki-Nya, dan berjalan di jalan-Nya.

Doaku untukmu

Saat membaca, jangan terburu-buru. Biarkan setiap bab membacakan Anda kembali.

Bayangkan diri Anda dalam diri Anita. Lihatlah pelayanan Anda dalam diri Ester. Lihatlah generasi Anda dalam diri Rut.

Dan ketika halaman terakhir terbuka, semoga kisah Anda sendiri dimulai —

kisah berjalan bersama Yesus, selangkah demi selangkah.

Ini bukan sekadar buku — ini panggilan dari Surga.

Roh masih berkata,

"Lihat, Aku berdiri di muka pintu dan mengetok..."

Apakah kamu akan membukanya?

Dengan rahmat dan kebenaran,

Duta Besar Senin O. Ogbe

Ahli Strategi Transformasi Nasional

Pendiri – God's Eagle Ministries (GEM)

◈ www.otakada.org[1]

---

1. https://www.otakada.org

PROLOG SINEMATIK

"Diselamatkan... Tapi Hilang"

Lukas 8:13 | *Yohanes 8:31–32* | *Matius 23:15*

Matahari sore bersinar terang di atas Nairobi.

Kerumunan orang berkumpul di lapangan terbuka—spanduk-spanduk berkibar, musik menggelegar, dan udara dipenuhi sorak-sorai haleluya. Lampu panggung berkilauan di atas instrumen-instrumen yang dipoles saat seorang perempuan melangkah maju, mikrofon di tangan—suaranya lantang, semangatnya tak terbendung.

"Jika kau menginginkan Yesus dalam hidupmu," serunya,

"datanglah sekarang! Jangan tunda takdirmu!"

Kerumunan bergemuruh.

Gendang ditabuh. Gelombang orang berbondong-bondong menuju panggung — menangis, mengangkat tangan, gemetar karena emosi.

Di antara mereka ada **Anita Wambui** , seorang mahasiswi muda bermata tajam.

Ia berjuang melawan depresi, patah hati, dan pertanyaan-pertanyaan yang tak terjawab oleh dosen mana pun. Sore itu, ia berlari ke depan, air matanya bercucuran.

Seorang konselor memeluknya sebentar, berbisik, "Selamat datang di keluarga,"

lalu beralih ke tangan berikutnya yang terangkat. Tak seorang pun menanyakan namanya. Tak seorang pun menanyakan kisahnya.

Dia pulang malam itu sambil menggenggam sebuah pamflet kecil: *"Sekarang Anda Telah Diselamatkan."*

Hatinya berdebar penuh harapan — *mungkin kali ini akan berbeda.*

Namun sebulan kemudian, kebangunan rohani lain datang.

Pengkhotbah yang berbeda. Panggilan yang berbeda. Jemaat yang sama. Emosi yang sama. Dan sekali lagi, Anita berlari maju — menangis, bertobat, dan kembali berkomitmen.

"Satu jiwa lagi untuk Yesus!" teriak pendeta.

Kerumunan bersorak. Kamera pun menyala. Tagar pun menjadi tren.

Tidak seorang pun mengenalinya dari perang salib terakhir.

Minggu berganti bulan.

Lima gereja berbeda. Lima "keselamatan" berbeda. Lima panggilan altar berbeda.

Setiap kali dia diberitahu, “Kamu baru sekarang — masa lalumu sudah berlalu.”

Namun masa lalunya masih mengikutinya pulang.

Malam-malam sepi kembali.

Nafsu semakin mencengkeram. Luka lama kembali terbuka. Ia berdoa, berpuasa, mengaku dosa — namun tak ada yang berubah.

“Mereka bilang aku terlahir kembali...”

bisiknya suatu malam, sambil menatap langit-langit, “tapi kenapa aku masih menangis setiap malam? Kenapa aku merasa begitu sendirian?”

Di satu gereja, mereka mendandaninya untuk tim drama.

Di gereja lain, mereka memberinya sebuah ayat untuk dihafal. Di gereja lain, seorang pemimpin berkata kepadanya, "Berdoalah lebih giat lagi — kamu akan merasa lebih baik."

Tak seorang pun menyadari kepanikan di balik senyumnya.

Tak seorang pun melihat pertempuran di matanya.

Di balik pintu tertutup, dia bergulat dengan:

- **Nafsu** yang membakar setiap malam yang sepi.
- **Ketakutan** yang berbisik bahwa dia tidak cukup baik.
- **Trauma** akibat kekerasan yang tidak pernah ia ceritakan kepada siapa pun.
- **Gosip** yang mengisolasinya.
- **Meragukan** bahwa Tuhan benar-benar telah menyelamatkannya.

Lima gereja.

Lima sorak sorai. Lima pelukan mesra. Namun tak satu pun murid.

Suatu malam, saat pertunjukan drama di gereja,

Anita menangis tersedu-sedu di belakang panggung — gemetar, menangis tak terkendali.

Seorang rekan aktor menoleh dengan bingung.

"Ada apa?"

"Aku tak tahu siapa diriku lagi," isaknya. "Aku hancur sekali."

Aktor itu ragu-ragu, lalu berkata dengan lembut,

"Berdoa saja dengan bahasa roh, Kak."

Dia mencoba —

tetapi kata-katanya tidak berhasil.

Malam itu, saat upacara berakhir dengan tepuk tangan dan lampu,

Anita menyelinap keluar dari pintu samping tanpa diketahui, tak terlihat, dan tak tersentuh.

Di luar, hujan mulai turun.

Suara keramaian bergema samar di belakangnya—pujian tanpa kehadiran, perayaan tanpa koneksi.

"Dalam hiruk-pikuk kebangkitan, ia tersesat dalam keheningan pengabaian.

Altar memanggilnya — tetapi tak seorang pun mengikutinya pulang."

Suara Yesus (lembut, dalam):

"Kau kumpulkan mereka dengan cepat—tapi kau tak pernah berjalan lambat bersama mereka.

Kau beri mereka cahaya—tapi tak beri mereka akar."

Saat Anita menghilang ke dalam hujan,

di dalam gereja, layar berkedip terang:

'Gereja Glory Path – 5.000 Jiwa Diselamatkan Bulan Ini!'

Namun hitungan Surga menceritakan kisah yang lain.

"Dan Yesus berdiri di pintu —

mengetuk, menunggu, menangis."

Di sinilah semuanya bermula.

Kisah seseorang yang bertemu Yesus lima kali—tetapi tak pernah sekalipun bertemu seorang murid.

Kisah tentang gereja yang berlari kencang —

dan Juruselamat yang berdiri diam.

Kisah tentang *Diselamatkan... namun Tersesat.*

CARA PENGGUNAAN SERI INI

SERI INI MERUPAKAN **sebuah kisah sekaligus perjalanan pemuridan.** Anda dapat menggunakannya sebagai:

1. ◈ **Serial Film** – Tonton setiap 12 episode sinematik, satu episode per minggu. Renungkan dan diskusikan dengan menggunakan pertanyaan dan doa yang menyertainya.
2. ◈ **Buku Renungan** – Baca satu episode per minggu atau per hari. Renungkan ayat Alkitab, renungkan Wawasan Duta Besar, dan tutup dengan doa dan deklarasi.
3. ◈ **Kurikulum Pemuridan** – Untuk kelompok kecil, gereja, atau pelayanan. Setiap episode diakhiri dengan pertanyaan aktivasi dan doa bersama.
4. ◈ **Seri Media** – Gunakan refleksi video oleh Ambassador Monday dan Comfort Ogbe sebagai renungan mingguan di media sosial atau dalam siaran pelayanan.

◈ Aliran Mingguan yang Disarankan

Hari	**Fokus**
Hari 1	Tonton/Baca Episode (Cerita + Kitab Suci)
Hari ke-2	Renungkan Wawasan Duta Besar
Hari ke-3	Berdoa dan Nyatakan
Hari ke 4–5	Diskusikan & Terapkan dengan kelompok atau keluarga Anda
Hari ke-6	Melayani atau menjadi saksi bagi seseorang yang menggunakan pelajaran minggu itu
Hari ke 7	Istirahat & Dengarkan – Catat apa yang Tuhan katakan

Cara Mengikuti Gerakan Global

BERGABUNGLAH DENGAN umat beriman lainnya di seluruh dunia dengan terhubung melalui:

www.otakada.org[2]

#SavedButLostSeries **#DiscipleshipNotDecision** **#GodsEagleMinistries**

Berlanggananlah untuk renungan mingguan oleh Ambassador Monday & Comfort Ogbe .

Melalui tautan YouTube ini - https://www.youtube.com/@AmbassadorMondayogbe

Semua episode mendatang akan ada di saluran ini

Tautan YouTube untuk "Diselamatkan tapi Hilang" - https://youtu.be/qjewKKJLSKQ?si=hiblhmr9O75rmmqK

Yayasan Amanat Agung

MATIUS 28:18–19 (TB)

"Karena itu pergilah, jadikanlah semua bangsa murid-Ku dan baptislah mereka dalam nama Bapa dan Anak dan Roh Kudus."

Ini bukanlah panggilan untuk menghitung jumlah orang yang bertobat — tetapi untuk memuridkan bangsa-bangsa.

---

2. **https://www.otakada.org**

PERKENALAN

Padang luas di bawah terik matahari Afrika. Tak terhitung banyaknya orang mengangkat tangan tanda menyerah, air mata mengalir di wajah. Para pendeta berteriak, "Satu jiwa lagi terselamatkan!" Lampu kamera menyala. Tagar menjadi tren.

Namun dalam bayang-bayang—seorang perempuan muda berdiri sendirian. Matanya mencari seseorang yang akan berjalan di sampingnya. Tak seorang pun datang. Namanya **Anita.**

Ini bukan fiksi—ini cermin.

Di seluruh benua, kita telah menyempurnakan pertobatan tetapi mengabaikan kelanjutannya.

Kita telah membangun panggung untuk pengambilan keputusan — tetapi hanya sedikit meja untuk pemuridan. Kita telah memenuhi gedung-gedung kita — namun mengosongkan hati kita.

Gereja modern ramai, cepat, dan rapi. Altar memanggil dengan meriah. Lampu-lampu menyilaukan.

Namun, di balik tepuk tangan meriah itu tersimpan kepedihan yang terpendam—iman yang tak berakar, umat beriman yang tak dimuridkan , dan jiwa-jiwa yang retak.

Banyak orang, seperti Anita, *"diselamatkan tetapi terhilang"* —diperkenalkan kepada Yesus, tetapi tidak diundang untuk berjalan bersama-Nya.

Buku ini lahir dari air mata — bukan teori.

Dalam setiap kebangunan rohani yang saya saksikan, saya melihat keputusan berlipat ganda tetapi murid-murid berkurang. Roh Kudus bertanya kepada saya:

'Senin, apakah mereka diselamatkan dari dosa atau hanya dari kebosanan?'

Pertanyaan itu mengguncang saya — dan memulai perjalanan ini.

Lihatlah, Aku berdiri di pintu dan mengetuk.

Kamu membangun tembok-tembok besar, tetapi lupa jalan masuk. Biarkan Aku masuk lagi — bukan untuk menghitung, melainkan untuk bersekutu.

Dari Nairobi hingga New York, São Paulo hingga Seoul — jutaan orang menyandang nama "Kristen,"

namun bergulat dengan kecanduan rahasia, trauma, dan kebingungan tentang iman. Mereka **diperkenalkan kepada keselamatan** , bukan **diinisiasi ke dalam transformasi.**

Di banyak gereja, penginjilan telah menggantikan hubungan.

Pertumbuhan telah menggantikan kasih karunia. Dan orang-orang yang bertobat, yang tak pernah berakar, hanyut dalam setiap badai.

Buku ini bukan kutukan. Buku ini adalah seruan untuk bangun.

Buku ini adalah cermin bagi para pendeta, peta bagi para murid, dan seruan belas kasihan dari Surga.

Mengapa:

Saved But Lost lebih dari sekadar cerita — ini adalah cermin profetik.

Sebuah perumpamaan sinematik zaman kita. Film ini bertanya kepada kita semua: "Apakah kita sungguh-sungguh menjadikan murid... atau hanya keputusan?" "Apakah kita berjalan bersama mereka, atau melambaikan tangan kepada mereka?" "Apakah kita membangun dalam, atau hanya membangun lebar?"

Krisis terbesar dalam gereja bukanlah amoralitas — melainkan ketidakdewasaan.

Dan satu-satunya obatnya... adalah pemuridan.

Undangan:

"Ikuti Aku... bukan hanya ke altar, tetapi melalui lembah."

"Jadi, ayo — berjalanlah bersama Anita. Berjalanlah bersama Esther. Berjalanlah bersama Ruth.

Bayangkan dirimu dalam perjalanan mereka. Dan ketika kisah ini berakhir — semoga kisahmu dimulai."

Suara: Paduan suara yang memudar; detak jantung lembut; cahaya fajar di atas cakrawala Nairobi.

Undangan Pembaca:

Setelah membaca, ambil langkah selanjutnya:

Bergabunglah dalam Perjalanan 40 Hari bersama Yesus – Seri 1[1]

1. https://www.otakada.org/get-free-40-days-online-discipleship-course-in-a-journey-with-jesus/

Atau gunakan tautan ini - https://www.otakada.org/get-free-40-days-online-discipleship-course-in-a-journey-with-jesus/

Lanjutkan dengan DNA Pemuridan – Seri 2[2]

Atau gunakan tautan ini - https://www.otakada.org/get-free-40-days-dna-of-discipleship-journey-with-jesus-series-2/

Duta Besar Senin O. Ogbe (Penutupan):

"Ini bukan sekadar cerita. Ini panggilan.

Karena Yesus masih mengetuk... dan kali ini, Dia memanggil untuk berakar."

2. https://www.otakada.org/get-free-40-days-dna-of-discipleship-journey-with-jesus-series-2/

BAB 1 - Ilusi

Lukas 10:38–41 | *Matius 23:15* | *Wahyu 2:4–5*

Gereja Glory Path berkilau bak berlian di jantung kota Nairobi. Dinding kacanya menangkap sinar matahari, menyebarkannya menjadi ribuan pecahan yang menari-nari di lantai yang dipoles. Udara berdengung penuh kegembiraan saat lima ribu orang berdesakan menuju depan, suara mereka meninggi dalam penyembahan di bawah kanopi lampu yang bergerak.

Pendeta Esther Mwangi berdiri di mimbar — berseri-seri, berwibawa, berusia 42 tahun, dan penuh semangat. Khotbahnya berapi-api, panggilan altarnya termasyhur. Setiap hari Minggu adalah tontonan yang meriah. Tangan-tangan terangkat. Air mata mengalir. Sorak-sorai "Haleluya!" menggema di seluruh aula. Itu adalah kebangunan rohani — atau begitulah tampaknya.

Di atasnya, layar besar menampilkan slogan gereja:

"Puasa Iman: Tak Ada Penundaan dalam Takdir."

Di media sosial, tagar **#GlorySaved** menjadi tren mingguan. Setiap panggilan altar disiarkan langsung, setiap keputusan dicatat. Jumlahnya terus meningkat setiap hari Minggu, dan pelayanan Esther pun meroket.

Di antara kerumunan itu ada seorang perempuan muda— **Anita Wambui** , seorang mahasiswa bermata cerah dengan pertanyaan-pertanyaan yang terlalu mendalam untuk dijawab dengan cepat. Ia tumbuh dalam kesunyian dan bayang-bayang, menanggung luka yang tak seorang pun lihat. Ketika ia mendengar Pendeta Esther berseru, "Datanglah kepada Yesus sekarang—masa lalumu berakhir hari ini!" Jantung Anita berdebar kencang. Kakinya bergerak lebih cepat daripada pikirannya. Ia berlari ke depan, air mata mengalir deras, tangan terangkat.

Mereka berdoa untuknya. Kamera menyala. Para pengantar menghitung.

"Jiwa lain dimenangkan bagi Kristus!"

Tepuk tangan bergemuruh di aula.

Anita tersenyum tipis. Untuk pertama kalinya setelah berbulan-bulan, ia merasa diperhatikan.

Namun saat kebaktian berakhir, ia mendapati dirinya sendirian lagi — tidak ada tindak lanjut, tidak ada teman, tidak ada seorang pun yang bisa menanyakan ceritanya.

Seminggu kemudian, cahaya itu memudar. Depresi itu merayap kembali. Ia berdoa, menangis, bertobat lagi — tetapi tidak ada yang berubah.

Kemudian datanglah kebangunan rohani lainnya. Seorang pengkhotbah baru. Suara yang lebih lantang. Anita pergi lagi—berharap kali ini akan bertahan lama. Air mata yang sama, kata-kata yang sama, tepuk tangan yang sama.

"Kamu adalah ciptaan baru!" teriak mereka.

Selama beberapa hari, ia memercayainya.

Lalu ia jatuh lagi—ke dalam kebiasaan lama, pikiran lama, dan rasa sakit lama.

Lima gereja kemudian, Anita telah "diselamatkan" lima kali.

Setiap kali, jemaat baru bertepuk tangan. Setiap kali, ia dirayakan — tetapi tidak pernah dimuridkan.

Tak seorang pun bertanya, "Apakah kamu mengerti tentang keselamatan?"

Tak seorang pun mendampinginya melewati trauma akibat pelecehan di masa kecil. Tak seorang pun memperhatikan pergumulannya melawan hawa nafsu, kesepian, dan menyakiti diri sendiri.

Mereka memberinya baju baru untuk pergi ke gereja, mengajarinya mengutip Kitab Suci, dan mengundangnya bergabung dengan tim drama. Namun, di balik penampilannya, Anita mulai terurai.

Suatu hari Minggu, di belakang panggung sebelum pertunjukan, tangannya mulai gemetar tak terkendali. Dadanya sesak. Ia tak bisa bernapas. Air mata mengalir deras saat ia berbisik kepada seorang rekan aktor,

"Aku tidak tahu siapa diriku. Hatiku hancur."

Gadis itu menatapnya dengan tatapan kosong.

"Berdoa saja dengan bahasa roh, Kak."

Anita mencoba. Tapi kata-katanya terasa hampa.

Tepuk tangan dari panggung bergemuruh lagi — tetapi di dalam, dia hancur.

Setiap minggu, gereja merayakan angka-angka. Setiap bulan, statistik baru memenuhi layar. Jiwa-jiwa diselamatkan. Baptisan dicatat. Tagar menjadi tren.

Namun Yesus berdiri diam di belakang sambil mengetuk.

Tak seorang pun mendengar-Nya di tengah alunan musik.

Mereka begitu sibuk menghitung keputusan sehingga lupa menumbuhkan pengabdian.

Begitu bersemangat menghasilkan buah sehingga mereka menanamnya di atas beton. Seperti Marta, mereka "teralihkan oleh banyak pelayanan," merindukan suara lembut yang berkata,

"Maria telah memilih apa yang lebih baik."

Dalam pandangan Surga, Jalan Kemuliaan itu keras namun suam-suam kuku.

Sebuah ilusi yang ramai dan indah—kebangkitan tanpa akar.

Dan Anita adalah korban diamnya.

CERMINAN

KITA SERING MENYAMAKAN kegembiraan dengan perjumpaan, tetapi emosi bukanlah transformasi.

Gereja masa kini harus memperlambat langkah. Panggilan altar bukanlah garis akhir — melainkan titik awal dari perjalanan seumur hidup.

Ketika kita terburu-buru membawa orang menuju keselamatan tanpa mendampingi mereka setelahnya, kita menciptakan anak yatim rohani—orang percaya yang emosional tanpa dasar. Musuh tidak takut akan keputusan; ia takut akan pemuridan.

Kisah Anita bukan hanya kisahnya — melainkan kisah kita bersama.

Berapa banyak yang datang melalui pintu kita dan pergi melalui pintu belakang, tak terlihat dan tak diberi makan? Berapa banyak air mata yang dipuji tetapi tak pernah didisiplinkan?

Kebangunan rohani bukan tentang orang banyak — tetapi tentang Kristus yang terbentuk di dalam.

KUNCI KITAB SUCI

"MARTA, MARTA, ENGKAU kuatir dan menyusahkan diri dengan banyak perkara, tetapi hanya satu saja yang perlu..." — **Lukas 10:41–42**

"Kamu mengarungi lautan dan daratan untuk mendapatkan satu orang saja yang mau bertobat dan setelah kamu berhasil, kamu menjadikan mereka orang neraka yang dua kali lebih jahat dari kamu." — **Matius 23:15**

"Engkau telah meninggalkan kasihmu yang semula. Ingatlah betapa dalamnya engkau telah jatuh..." — **Wahyu 2:4-5**

TANTANGAN AKSI

PELAN-PELAN SAJA.

Carilah satu orang minggu ini yang datang kepada Kristus — dan berjalanlah bersama mereka. Tanyakan kisah mereka. Dengarkan isi hati mereka. Jadilah tangan yang Yesus ulurkan.

Kebangkitan dimulai ketika kita memilih kedalaman daripada tampilan.

BAB 2 - Ketukan

Wahyu 3:20 | Lukas 10:38–42 | Yohanes 10:27

Kota Nairobi bersinar di bawah langit senja.

Di dalam auditorium kampus, ratusan orang berkumpul—lampu berkelap-kelip, musik mengalun menembus dinding. Kebangkitan lain. Janji terobosan lain.

Anita duduk di dekat bagian belakang, tangan terlipat, mata lelah. Ia telah menangis sejadi-jadinya. Di sekelilingnya, para siswa menari, berteriak, mengangkat tangan. Namun di dalam, ia merasa mati rasa.

Di bagian depan, band bermain lebih keras, suaranya meninggi menjadi crescendo — "Ini momenmu! Keajaibanmu! Takdirmu!"

Namun di tengah musik, sebuah suara lembut mulai berbisik — samar, tetapi jelas.

"Lihatlah... Aku berdiri di muka pintu... dan mengetok."

Suaranya tenggelam oleh tepuk tangan.

Namun, Surga tidak bertepuk tangan. Surga memanggil.

Kemudian, saat sesi kesaksian, seorang perempuan muda berdiri.

Ia tidak ada di acara tersebut. Ia tidak memiliki gelar. Namanya **Ruth** — seorang mentor yang pendiam dan rendah hati di kampus, yang lebih dikenal karena doanya daripada penampilannya di atas panggung.

Suaranya bergetar, tetapi matanya menyala-nyala.

"Wahyu 3:15 mengatakan, 'Engkau tidak dingin dan tidak panas — maka Aku akan memuntahkan engkau.'"

Ruangan itu menjadi hening.

Beberapa orang menatap. Yang lain berbisik-bisik.

"Yesus sedang mengetuk," lanjut Ruth, "tetapi jalan pintas yang kita tempuh telah menghalangi-Nya!"

Gumaman terdengar di antara kerumunan. Lampu-lampu berkedip sedikit. Bahkan tim musik pun membeku.

"Kita membuatnya cepat dan mencolok," kata Ruth, "tapi tidak setia.

Kita menghitung tangan, tapi tidak menghitung hati. Kita memenuhi altar, tapi tidak memenuhi kehidupan."

Sesaat, aula terasa terhenti. Udara terasa berat—bukan karena gembar-gembor, melainkan karena keyakinan.

Pada jam yang sama, **Pendeta Esther Mwangi** duduk di belakang panggung — diundang sebagai pengkhotbah tamu.

Ia tersenyum sepanjang kebaktian, bertepuk tangan saat membacakan kesaksian, bahkan berlatih khotbahnya untuk terakhir kalinya. Namun kini, saat Ruth berbicara, tangannya mulai gemetar.

Sebuah ayat bergema di benaknya — sebuah ayat yang pernah ia khotbahkan sebelumnya namun tidak pernah ia jalani:

"Tetapi hanya satu hal yang perlu... Maria telah memilih apa yang lebih baik." (Lukas 10:42)

Denyut nadinya berdenyut cepat. Ia memejamkan mata.

Dalam sebuah penglihatan, ia melihat gerejanya sendiri—kerumunan orang bersorak, tangan terangkat, wajah-wajah bersinar di bawah sorotan lampu. Namun kemudian, satu per satu, wajah-wajah itu memudar. Lampu meredup. Panggung retak.

Dan di belakangnya, ia melihat sebuah pintu—

dan sebuah tangan, mengetuk.

Setelah kebaktian, Ruth diam-diam mengemas Alkitabnya dan meninggalkan aula. Anita mengikutinya dari kejauhan. Ia ingin bicara—meminta sesuatu—tetapi tak menemukan kata-kata yang tepat.

Pada saat yang sama, di kamar hotelnya di seberang kota, Pendeta Esther duduk sendirian dalam keheningan.

Tak ada paduan suara. Tak ada kamera. Tak ada tepuk tangan.

Dia berbisik, hampir gemetar,

"Tuhan... apakah semuanya sia-sia?"

Tidak ada jawaban yang datang — hanya ayat yang sama:

"Maria telah memilih apa yang lebih baik."

Untuk pertama kalinya selama bertahun-tahun, Esther menangis — bukan untuk orang banyak, tetapi untuk dirinya sendiri.

Ilusi telah retak.

Tepuk tangan telah mereda. Dan Surga sedang mengetuk.

Bukan untuk mengutuk — melainkan untuk masuk.

CERMINAN

SETIAP KEBANGUNAN ROHANI mencapai momen ketika Surga menyela. Ketika Tuhan mengecilkan volume suara kita agar kita dapat mendengar bisikan-Nya.

Seperti Ester, banyak pemimpin masa kini tulus—bersemangat, berkuasa, dan penuh semangat. Namun, semangat tanpa kedalaman hanya melahirkan kebisingan tanpa transformasi. Gereja harus menemukan kembali **suara di balik volume** —bisikan di balik ibadah.

Ketika Yesus mengetuk, Dia tidak mencari panggung — Dia mencari tempat duduk di meja.

Bahaya terbesar kita bukanlah dosa, melainkan substitusi — melakukan hal-hal baik dan bukan hal-hal yang Tuhan kehendaki.

Dia mengetuk lagi — bukan karena jumlah kita, tetapi karena kedekatan kita.

KUNCI KITAB SUCI

"LIHATLAH, AKU BERDIRI di muka pintu dan mengetok; jikalau ada orang yang mendengar suara-Ku dan membukakan pintu, Aku akan masuk mendapatkannya dan Aku makan bersama-sama dengan dia, dan ia bersama-sama dengan Aku." — **Wahyu 3:20**

"Domba-domba-Ku mendengarkan suara-Ku dan Aku mengenal mereka dan mereka mengikut Aku." — **Yohanes 10:27**

"Maria telah memilih bagian yang terbaik, yang tidak akan diambil dari padanya." — **Lukas 10:42**

TANTANGAN AKSI

SEBELUM BERBICARA UNTUK Tuhan, duduklah bersama-Nya.

Sebelum membangun rumah-Nya, biarkan Dia membangun hatimu. Berhentilah sejenak minggu ini dan tanyakan,

"Tuhan, apakah aku mengetuk lebih keras dari-Mu?"

Lalu dengarkan. Dia masih berbicara.

Dia masih mengetuk.

BAB 3 - Krisis

M*atius 23:15 | Wahyu 3:16 | Yohanes 15:8*

Pagi setelah kebangkitan, hujan turun membasahi kota.

Jalanan Nairobi berkilauan di bawah awan kelabu, dan aroma tanah basah memenuhi udara. Di sebuah kafe kecil dekat universitas, Anita duduk sendirian, jari-jarinya gemetar di atas kibor laptopnya. Kopinya sudah dingin. Matanya bengkak karena menangis.

Selama berhari-hari, dia memutar ulang kata-kata Ruth:

"Yesus sedang mengetuk... tetapi jalan pintas yang kalian tempuh telah menghalangi-Nya."

Setiap suku kata menusuk dalam—bukan di gereja, melainkan di hatinya sendiri.

Ia telah menjalani jalan pintas itu. Ia telah menjadi korban dari ketergesa-gesaan itu.

Jadi, dia mulai menulis.

Kata-katanya keluar seperti sebuah pengakuan — mentah, gemetar, benar:

"Aku menyerahkan hidupku kepada Kristus,

tetapi tak seorang pun membantuku menjalaninya. Aku menangis di altar, tetapi tak seorang pun berjalan di sampingku. Aku dirayakan, tetapi tak pernah digembalakan. Mereka menyuruhku bersorak kemenangan, sementara aku diam-diam tenggelam dalam dosa."

Ia terdiam, air matanya menetes ke keyboard.

Lalu ia menulis judulnya:

Terselamatkan Namun Terlupakan .

Dia menekan *tombol terbitkan* .

Dalam hitungan jam, kisahnya menyebar.

Pertama melalui grup WhatsApp, lalu forum gereja, dan kemudian ke seluruh negeri. Menjelang matahari terbenam, tagar #SavedButForgotten menjadi tren di seluruh Kenya. Menjelang pagi, tagar tersebut mencapai Uganda, Ghana, dan Afrika Selatan.

Para pendeta membagikannya — beberapa dengan marah, yang lain diam-diam.

Jemaat muda membagikannya kembali, berbisik,

"Itu aku."

Ada yang mengejeknya, menyebutnya pemberontak.

Yang lain menangis — karena mereka melihat bayangan mereka dalam penderitaannya.

Di Gereja Glory Path, para staf berkerumun dalam kebingungan.

Telepon berdering, kotak masuk penuh.

Seseorang mencetak blog itu dan meletakkannya di meja Pendeta Esther.

Dia membaca baris pertama sekali. Lalu dua kali.

Lalu dia berhenti bernapas.

"Saya menyerahkan hidup saya kepada Kristus... tetapi tidak ada seorang pun yang membantu saya menjalaninya."

Jantungnya berdebar kencang.

Suara yang sama dari kesaksian Ruth kembali terdengar:

"Kamu tidak dingin atau panas..."

Dia mencoba berdoa — tetapi air mata malah keluar.

Asistennya bergegas masuk:

"Pendeta, kami butuh pernyataan pers!"

Esther berbisik, nyaris tak terdengar,

"Tidak. Kita butuh pertobatan."

Di seluruh Nairobi, pembawa acara TV memperdebatkan postingan tersebut.

"Apakah Gereja telah mengecewakan generasi mendatang?" tanya salah satu dari mereka. Para penelepon membanjiri dengan cerita — orang-orang yang bertobat, yang patah hati, dan terdiam.

Di salah satu asrama, para mahasiswa mengadakan doa bersama, membacakan kata-kata Anita dengan lantang.

Di asrama lain, mereka memulai grup WhatsApp bertajuk *'Kawanan yang Terlupakan'*.

Apa yang dimulai sebagai satu pengakuan menjadi sebuah gerakan.

Dan Surga sedang memperhatikan.

Malam itu, Pendeta Esther duduk sendirian di kantornya.

Lampu dimatikan. Kebisingan di luar telah mereda. Di mejanya terdapat sebuah Alkitab yang terbuka, dan matanya tertuju pada sebuah ayat yang belum pernah ia perhatikan sebelumnya:

"Kamu mengarungi lautan dan daratan untuk memenangkan satu orang saja

dan setelah kamu berhasil, kamu menjadikan mereka orang neraka yang dua kali lebih jahat dari kamu." — Matius 23:15

Ia menangis—bukan karena rasa bersalah, melainkan karena duka.

Selama bertahun-tahun, ia mengira sedang membangun kerajaan Tuhan. Kini ia menyadari bahwa ia telah membangun statistik.

Sebuah ayat berbisik lagi di hatinya:

"Karena engkau suam-suam kuku, tidak dingin dan tidak panas, Aku akan memuntahkan engkau." (Wahyu 3:16)

Esther berlutut.

"Tuhan," serunya, "ajarilah aku cara berjalan lagi."

Keesokan harinya, ia memasuki ruang belajar Alkitab kecil di asrama kampus.

Tak ada lampu. Tak ada panggung. Tak ada slogan. Hanya sekelompok mahasiswa yang membaca dengan tenang di sekitar meja usang.

Di antara mereka ada Ruth — dan di sampingnya, Anita.

Esther berdiri di pintu, gemetar.

Ruth mendongak, terkejut. Anita membeku, ragu.

Namun Esther tersenyum di tengah air matanya.

"Bolehkah aku bergabung denganmu?"

Ruangan itu hening. Lalu Anita mengangguk.

Malam itu, untuk pertama kalinya setelah bertahun-tahun, Esther duduk—bukan sebagai pendeta, melainkan sebagai murid.

Mereka membaca Kitab Suci bersama. Mereka berdoa. Mereka menangis.

Dan di ruangan kecil itu, sesuatu yang telah lama ditunggu-tunggu Surga mulai mekar —

pemuridan.

CERMINAN

SETIAP REFORMASI DIMULAI dengan pengakuan.

Blog Anita bukanlah pemberontakan — melainkan wahyu. Ketika kebenaran bangkit, kesombongan runtuh.

Kita harus belajar mendengarkan jeritan di balik kritik.

Terkadang Tuhan memakai mereka yang terluka untuk membangkitkan mereka yang dikenal. Kerendahan hati Esterlah yang mengubah krisis menjadi pembaruan.

Di zaman kita yang penuh dengan platform dan program, semoga kita tidak pernah lupa bahwa kebenaran tidak takut untuk diungkapkan — kebenaran dimurnikan olehnya.

Ketika Gereja berhenti membela diri dan mulai mendidik orang lain, kebangunan rohani tidak lagi hanya menjadi slogan, tetapi menjadi suatu cara hidup.

KUNCI KITAB SUCI

"KAMU MENGARUNGI LAUTAN dan daratan untuk memenangkan satu orang saja dan setelah kamu berhasil, kamu menjadikan mereka orang neraka yang dua kali lebih jahat dari kamu." — **Matius 23:15**

"Karena engkau suam-suam kuku, tidak dingin dan tidak panas, Aku akan memuntahkan engkau." — **Wahyu 3:16**

"Dalam hal inilah Bapa-Ku dipermuliakan, yaitu jika kamu berbuah banyak dan dengan demikian kamu adalah murid-murid-Ku." — **Yohanes 15:8**

TANTANGAN AKSI

KETIKA KEBENARAN MENGHADANGMU, jangan bersembunyi — rendahkan dirimu.

Tanyakan kepada Roh Kudus:

"Di mana saya lebih merayakan keputusan daripada pemuridan?"

Biarkan pengakuan dosa menjadi ruang kelas Anda.

Kebangunan rohani dimulai ketika alasan berakhir.

BAB 4 - Sisa-sisa

Lukas 10:42 | Yesaya 58:12 | Yohanes 21:15–17

Minggu berikutnya, Gereja Glory Path terasa sangat sepi.

Tempat parkir yang tadinya penuh sesak kini setengah kosong. Layar LED besar tak lagi menampilkan statistik; lampu panggung diredupkan.

Pendeta Esther Mwangi berdiri di mimbar, gemetar. Hilang sudah kepercayaan dirinya yang biasa. Tak ada jubah desainer, tak ada gestur yang terlatih. Hanya kesederhanaan—dan ketulusan.

Ia menatap wajah-wajah di hadapannya—lebih sedikit daripada yang ia ingat, tetapi lebih nyata dari sebelumnya. Banyak yang datang karena penasaran. Yang lain datang dengan amarah, masih terluka oleh kata-kata Anita. Beberapa datang berharap mendapatkan jawaban.

Esther menarik napas dalam-dalam, suaranya bergetar saat dia memulai.

"Kita telah mengecewakan Yesus."

Kata-kata itu menggantung berat di udara.

Gumaman menggema di aula. Beberapa menundukkan kepala. Yang lain membeku, tak yakin harus bereaksi seperti apa.

"Kita menghitung tangan, tapi tidak hati," lanjutnya.

"Kita memenuhi altar, tapi tidak memenuhi kehidupan. Kita menghitung buah yang tak pernah tumbuh."

Matanya berbinar.

Saya lebih peduli dengan tagar daripada kekudusan. Lebih bersemangat tentang tren daripada transformasi.

Namun, Yesus... memanggil kita kembali.

Isakan pelan terdengar dari suatu tempat di antara kerumunan.

"Tak ada lagi jalan pintas," bisiknya. "Tak ada lagi tanah dangkal.

Kita tak akan berlari secepat ini lagi. Kita akan berjalan perlahan — bersama Yesus."

Dia menutup matanya dan mengangkat tangannya.

"Tuhan, ampuni kami."

Hening.

Lalu—perlahan—satu orang mulai bertepuk tangan.

Itu Ruth.

Ia berdiri di dekat bagian belakang, air mata mengalir di wajahnya. Tangannya bergerak berirama, penuh hormat—bukan memuji seorang perempuan, melainkan kebenaran.

Yang lain bergabung. Lalu ruangan dipenuhi tepuk tangan lembut—bukan sensasi, melainkan penyembuhan.

Hari itu menandai titik balik.

Esther membatalkan semua KKR yang akan datang. Spanduk-spanduk diturunkan. Layar menjadi hitam.

Sebaliknya, ia mengumpulkan mereka yang masih tersisa—seribu hati yang setia—dan menemui mereka di sebuah taman umum di Nairobi.

Tanpa mikrofon. Tanpa slogan. Hanya Alkitab yang terbuka, hati yang terbuka, dan tanah yang terbuka.

Rumput basah oleh embun. Langit berkilauan dengan cahaya baru.

Ester berdiri di hadapan mereka dan berkata,

"Mulai hari ini, kita tidak akan berkembang secara luas — kita akan berkembang secara mendalam."

Dia menoleh ke Ruth dan Anita.

"Kamu akan membantuku membangun kembali — bukan sebuah kerajaan, tapi sebuah keluarga."

Ruth mengangguk. Air mata Anita berlinang.

Untuk pertama kalinya setelah bertahun-tahun, ia merasa diperhatikan—bukan sebagai angka, melainkan sebuah nama.

Dalam minggu-minggu berikutnya, kelompok-kelompok kecil terbentuk di seluruh kota.

Ada yang bertemu di bawah pohon, ada yang di ruang tamu, ada pula yang di kafe atau aula sekolah. Setiap lingkaran sederhana: membaca, berdoa, berbagi, dan menerapkan.

Mereka menyebutnya **"Lingkaran Jalan".**

Setiap orang percaya baru dipasangkan dengan seorang mentor. Setiap mentor memiliki seorang pembimbing. Setiap pertemuan dimulai dengan pernyataan ini:

"Kami bukan orang yang bertobat — kami adalah murid."

Anita mulai memimpin sekelompok kecil gadis remaja dari universitasnya.

Ruth pergi ke daerah kumuh di sekitarnya, mengajar para ibu cara mempelajari Kitab Suci.

Esther melatih para pemimpin muda dalam seni mendengarkan sebelum berbicara.

Perlahan, sesuatu mulai berubah.

Tak ada lagi tepuk tangan, tak ada lagi tagar yang sedang tren — hanya kehidupan yang diam-diam berubah.

Seorang perempuan muda, yang pernah ingin bunuh diri, berbagi kisahnya dan tersenyum untuk pertama kalinya setelah berbulan-bulan.

Seorang anak laki-laki yang dulunya mengejek doa mulai memimpin teman-temannya dalam renungan harian. Seorang pria tua, yang terasing dari keluarganya, berdamai dengan istrinya setelah sesi pemuridan tentang pengampunan.

Surga tersenyum lagi.

Suatu sore, saat matahari mulai terbenam, Esther berdiri di tepi taman, mengamati lingkaran-lingkaran itu.

Alkitab terbuka, tangan tergenggam, hati terasa hidup. Air mata menggenang di pelupuk matanya.

Sebuah suara lembut berbisik di dalam:

"Maria telah memilih apa yang lebih baik."

Esther mengangguk lembut.

"Ya, Tuhan. Kami tidak akan lari dari-Mu lagi."

Ilusi itu telah hilang.

Yang tersisa... hanyalah **sisa-sisanya** .

CERMINAN

SETIAP GERAKAN TUHAN yang sejati dimulai dengan kehancuran. Ketika kegaduhan mereda dan kerendahan hati muncul , Yesus kembali mengambil alih panggung.

Pertobatan Pendeta Esther bukanlah kelemahan — melainkan kebijaksanaan. Surga tidak pernah dibangun di atas kesombongan; surga dibangun di atas penyerahan diri.

Sisanya tidak banyak — mereka yang tetap bertahan ketika kerumunan pergi.

Mereka tidak berisik, tetapi setia. Tidak terkenal, tetapi setia.

Kita hidup di masa ketika Gereja harus menemukan kembali panggilannya — bukan untuk tampil, tetapi untuk **membentuk Kristus** dalam diri manusia.

Pemuridan tidak mengubah tren. Ia mengubah.

KUNCI KITAB SUCI

"MARIA TELAH MEMILIH bagian yang terbaik, yang tidak akan diambil dari padanya." — **Lukas 10:42**

"Bangsamu akan membangun kembali reruntuhan yang sudah berabad-abad dan mendirikan kembali fondasi yang sudah ada sejak dahulu kala; engkau akan disebut: Tukang Perbaiki Tembok yang Rusak, Tukang Perbaiki Jalan yang Masih Ada." — **Yesaya 58:12**

"Gembalakanlah domba-domba-Ku." — **Yohanes 21:17**

TANTANGAN AKSI

JANGAN MENGEJAR ORANG banyak — kejarlah Kristus.

Tanyakan pada diri sendiri:

"Tuhan memanggilku untuk berjalan bersama siapa?"

Temukan satu, beri makan satu, muridkan satu.

Yang penting bukan seberapa besar panggungmu—melainkan seberapa dalam ketaatanmu.

BAB 5 - Akar, Bukan Alang-alang

K*olose 2:6–7* | *Yohanes 15:5* | *Lukas 8:15*

Berminggu-minggu berlalu sejak pagi itu di taman.

Nairobi masih ramai membicarakan transformasi Glory Path. Namun di dalam sisa-sisa itu, sesuatu yang lebih tenang—dan lebih dalam—sedang tumbuh.

Lingkaran-lingkaran itu bertambah banyak.

Rumah-rumah menjadi ruang kelas kasih karunia. Taman-taman menjadi tempat perlindungan. Meja-meja dapur berubah menjadi mimbar-mimbar.

Tidak ada poster, tidak ada program — hanya kehadiran.

Setiap kelompok memulai dengan cara yang sama:

"Apa kabarmu sebenarnya?"

Air mata kerap hadir sebelum kesaksian.

Kisah-kisah yang dulu tersembunyi di balik jubah gereja pun bermunculan.

Seorang ibu muda mengaku,

"Saya tidak tahu lagi bagaimana cara berdoa."

Seorang pria tua berkata,

"Saya sudah berada di gereja selama dua puluh tahun, tetapi saya tidak pernah punya teman."

Tak ada yang menghakimi. Tak ada yang terburu-buru. Mereka mendengarkan. Mereka berdoa. Mereka bertahan.

Ini bukan lagi tentang keramaian — ini tentang **komunitas** .

Dalam satu kelompok di bawah pohon akasia, **Anita** duduk bersama tiga gadis remaja dari universitasnya.

Mereka membuka Injil Yohanes, membacanya perlahan.

"Di dalam Dia ada hidup dan hidup itu adalah terang manusia..."

Anita terdiam, suaranya gemetar.

"Cahaya itu menemukanku di malam tergelapku."

Salah satu gadis berbisik,

"Saya belum pernah membaca Alkitab dengan suara keras sebelumnya."

Anita tersenyum lembut.

"Maka hari ini adalah langkah pertamamu."

Mereka tertawa, mereka menangis, mereka berdoa — bukan untuk tampil, melainkan untuk menjadi bagian.

Di tempat lain, **Ruth** memimpin kelompok mentoring bagi para ibu muda di daerah kumuh Kibera.

Setiap minggu, mereka mempelajari satu kisah dari Kitab Suci dan satu kisah dari kehidupan.

Dia akan mengatakan,

"Kemuridan bukan tentang melarikan diri dari pergumulanmu — tetapi tentang mengundang Yesus ke dalamnya."

Para perempuan mulai saling mendoakan.

Mereka membentuk kelompok tabungan kecil, berbagi makanan, dan mengasuh anak-anak mereka.

Iman tidak lagi hanya sekadar dikhotbahkan — tetapi dipraktikkan.

Inti dari semuanya adalah **Pendeta Esther** duduk bersama beberapa pemimpin muda.

Ia menukar mikrofon dengan momen-momen tertentu. Alih-alih berkhotbah, ia justru mengajukan pertanyaan.

"Apa yang Yesus ajarkan kepadamu minggu ini?"

Mereka berbicara tentang pengampunan, kesabaran, dan belajar mendengarkan.

Salah satu dari mereka menulis di papan tulis:

"Kemuridan = Hubungan + Tanggung Jawab."

Esther mengangguk.

"Ya. Kami berhenti mengejar orang yang bertobat — dan mulai membangun karakter."

Dia tersenyum.

"Dulu kami terbiasa berlari, tapi sekarang kami belajar untuk tetap bertahan."

Di sudut kecil taman, seorang mualaf bernama **David** mulai menulis jurnal setiap hari.

Tulisannya agak goyah tetapi jujur:

"Hari ke-1 — Aku belajar untuk dicintai."

"Hari ke-7 — Aku mengatakan yang sebenarnya untuk pertama kalinya."

"Hari ke-30 — Aku memaafkan ayahku."

Transformasi tidak lagi diukur berdasarkan angka, tetapi berdasarkan nama.

Di seluruh Nairobi, keajaiban-keajaiban kecil mulai bermunculan.

Seorang janda menerima tamu untuk pertama kalinya setelah bertahun-tahun. Seorang pedagang kaki lima memulai salat subuh bersama para pelanggan. Seorang kepala sekolah mulai membimbing para gurunya.

Tak satu pun menjadi viral. Tak satu pun menjadi berita utama.

Namun dalam catatan Surga, kebangkitan sedang mekar di bawah tanah.

Suatu malam, Esther memandang ke seberang taman dan melihat ratusan lingkaran —

membaca, berdoa, tertawa, menangis.

Dia berbisik,

"Tuhan, beginilah cara-Mu membangun."

Sebuah suara menjawab dengan lembut,

"Bukan menara—tapi meja. Bukan alang-alang—tapi akar."

CERMINAN

GEREJA MODERN MENCINTAI kecepatan—pelayanan yang cepat, pertumbuhan yang cepat, kesuksesan yang cepat.

Namun, Kerajaan Allah bertumbuh seiring waktu, bukan detik.

Yesus tidak pernah terburu-buru dalam membimbing murid-murid-Nya. Ia berjalan bersama mereka, makan bersama mereka, mengoreksi mereka, dan menunggu mereka belajar.

Buah sejati membutuhkan waktu.

Akar tak terlihat, tetapi ia menopang segala sesuatu di atas tanah.

Jika kau tumbuh cepat tanpa tumbuh dalam, badai akan mencabutmu.

Sudah saatnya mengukur pelayanan berdasarkan **kedalaman, bukan jarak.**

KUNCI KITAB SUCI

"KARENA ITU, SEBAGAIMANA kamu telah menerima Kristus Yesus, sebagai Tuhan, hendaklah kamu terus hidup di dalam Dia, berakar dan dibangun di dalam Dia..." — **Kolose 2:6–7**

"Akulah pokok anggur dan kamulah ranting-rantingnya. Barangsiapa tinggal di dalam Aku dan Aku di dalam dia, ia akan berbuah banyak..." — **Yohanes 15:5**

"Benih yang jatuh di tanah yang baik itu ialah orang yang baik hati dan yang mendengar firman itu, yang menyimpannya dalam hati dan bertekun menghasilkan buah." — **Lukas 8:15**

TANTANGAN AKSI

JANGAN TERBURU-BURU bertumbuh — siramlah akarmu.

Ambil satu bagian minggu ini dan teruslah membacanya. Biarkan bagian itu membacamu, bukan sekadar memberi tahumu.

Tanyakan pada diri Anda setiap hari:

"Apakah suaraku semakin dalam, atau hanya semakin keras?"

Karena Surga merayakan akar, bukan alang-alang.

BAB 6 - Riak-riak

Kisah Para Rasul 1:8 | Yesaya 60:22 | Matius 13:33

Awalnya kecil — segelintir orang percaya yang bertemu di bawah pohon, di asrama, dan di sekitar meja makan.

Namun, bagaikan setetes hujan yang jatuh ke air tenang, gerakan itu mulai beriak.

Seorang guru di SMA setempat bergabung dengan salah satu lingkaran.

Setiap pagi, ia berdoa dengan tenang sebelum kelas,

"Tuhan, jadikanlah aku murid yang makin bertambah jumlahnya."

Suatu sore, seorang murid memergokinya tengah membaca kitab Yohanes.

"Nona, apa yang sedang Anda pelajari?"

Dia tersenyum.

"Bukan apa — Siapa."

Di akhir bulan, siswa itu telah mengumpulkan sepuluh teman untuk memulai lingkaran kecil di belakang laboratorium sains.

Tanpa slogan, tanpa sorotan lampu—hanya Kitab Suci, ketulusan, dan lagu-lagu yang dibisikkan pelan.

Tak lama kemudian, guru-guru dari sekolah tetangga mulai menelepon:

"Bisakah Anda menunjukkan kepada kami cara memulainya juga?"

Riak-riak itu melebar.

Di pasar, seorang pengusaha muda bernama Peter menutup toko elektroniknya lebih awal setiap Kamis.

Para tetangganya tertawa.

"Bisnis sedang berkembang pesat — mengapa tutup lebih awal?"

Dia menjawab,

"Karena saya telah belajar bahwa memberi makan jiwa lebih berarti daripada menjual layar."

Ia mengumpulkan para pemilik toko lainnya untuk mempelajari Amsal,

dan grup WhatsApp mereka menjadi penyelamat bagi keluarga-keluarga yang sedang berjuang.

Suatu malam, seorang perempuan Muslim dari warung terdekat ikut bergabung dengan diam-diam.

Menjelang minggu keempat, ia berbisik sambil menangis,

"Yesus ini mendengarkan ketika aku berbicara."

Kerajaan itu maju — bukan melalui para pengkhotbah, tetapi melalui orang-orang.

Di universitas, kelompok Anita telah berkembang terlalu besar untuk kelas.

Ia membagi mereka ke dalam lingkaran-lingkaran kecil — masing-masing dipimpin oleh seorang mantan skeptis. Seorang anak laki-laki yang dulu mengejek imannya kini memimpin doa di bawah pohon tempat ia dulu menangis.

"Kami bukan orang yang bertobat," kata Anita kepada mereka, "kami adalah sahabat Kristus."

Mereka mulai melayani di rumah sakit, mengajar anak-anak jalanan, dan mengunjungi para lansia.

Seorang gadis, yang telah sembuh dari keinginan bunuh diri, memulai pelayanan surat-menyurat — menulis surat-surat penyemangat anonim di seluruh kampus.

Setiap catatan diakhiri dengan:

"Kamu terlihat. Kamu dicintai. Kamu tidak dilupakan."

Sementara itu, Pendeta Esther bepergian dengan tenang — bukan untuk berkhotbah, melainkan untuk menanam.

Ia bertemu dengan para pemimpin gereja kecil di seluruh Nairobi, melatih mereka untuk beralih dari *acara hari Minggu* ke *kegiatan sehari-hari.*

Suatu malam, pada suatu pertemuan para pendeta, dia berbagi:

"Dulu kita mengejar kebangunan rohani — sekarang kebangunan rohani berjalan bersama kita."

Seorang uskup berdiri, air mata memenuhi matanya.

"Kami membangun gedung. Kalian membangun orang percaya."

Tak lama kemudian, dua puluh gereja membentuk apa yang mereka sebut **"Jaringan Jalan".**

Masing-masing gereja berjanji untuk berhenti menghitung kehadiran — dan mulai mengukur transformasi.

Moto mereka:

"Tidak banyak, tapi dewasa."

Riak-riak itu sampai ke media.

Seorang jurnalis independen, yang penasaran dengan transformasi tersebut, mengunjungi salah satu lingkaran taman. Ia menduga akan terjadi kekacauan—namun, ia justru menemukan ketenangan.

"Ini bukan agama," tulisnya kemudian. "Ini pemulihan."

Artikelnya menjadi viral — tetapi tidak seperti blog pertama Anita.

Kali ini, judulnya berbunyi:

'Revolusi Tenang Kenya: Gerakan Pemuridan Mengubah Kehidupan.'

Di seluruh benua, orang lain mulai memperhatikan.

Seorang pendeta di Ghana menulis surat yang menanyakan,

“Bisakah Anda melatih kaum muda kita di The Way Circles?”

Seorang misionaris di Afrika Selatan berkata,

“Kami telah menghitung jumlah orang yang bertobat — sekarang kami ingin menghitung karakter.”

Bahkan para pemimpin di Eropa pun mengirimkan pertanyaan, haus akan iman yang terasa hidup kembali.

Api yang berkobar dalam pertobatan kini sedang mereformasi Gereja.

Dan bisikan Yesus bergema lagi:

“Yang kecil akan menjadi seribu,

dan yang kecil akan menjadi bangsa yang kuat.”

Suatu malam, Anita berdiri di tepi sungai bersama Ruth dan Esther.

Mereka menyaksikan pantulan cahaya lampu kota di air—tenang, berkilauan, tak berujung.

Ruth tersenyum,

“Kau melihatnya? Riak-riaknya?”

Anita mengangguk, matanya berkaca-kaca.

“Kami pikir kami gagal, tetapi Dia terus membangun.”

Esther berbisik,

“Rahmat membangun kembali apa yang dirusak oleh rasa bersalah.”

Angin sepoi-sepoi bertiup di atas mereka.

Di kejauhan, lonceng gereja berdentang.

Dan Surga tersenyum.

CERMINAN

KETIKA SESEORANG TAAT sepenuh hati, banyak kehidupan berubah secara diam-diam.

Penderitaan Anita menjadi landasan. Pertobatan Ester menjadi kebangunan rohani. Kesetiaan Rut menjadi kerangka.

Beginilah cara Kerajaan bertumbuh—satu meja pada satu waktu.

Tanpa pemasaran, tanpa manipulasi—hanya gerakan oleh Roh.

Kita harus berhenti menunggu gerakan sosial massal untuk memulai transformasi.

Setiap percakapan bisa menjadi lingkaran. Setiap rumah bisa menjadi rumah penyembuhan. Setiap orang percaya bisa menjadi jembatan.

Riak kepatuhan akan selalu bertahan lebih lama dari gelombang kegembiraan.

KUNCI KITAB SUCI

"KAMU AKAN MENERIMA kuasa, kalau Roh Kudus turun ke atas kamu, dan kamu akan menjadi saksi-Ku sampai ke ujung bumi." — **Kisah Para Rasul 1:8**

"Yang kecil akan menjadi seribu, yang kecil akan menjadi bangsa yang kuat. Aku, Tuhan, akan melakukan ini dengan segera." — **Yesaya 60:22**

"Kerajaan Surga itu seperti ragi... yang diadukkan ke dalam seluruh adonan sampai mengembang ke seluruh adonan." — **Matius 13:33**

TANTANGAN AKSI

JANGAN REMEHKAN KEPATUHAN kecil.

Tanyakan pada diri sendiri:

"Di mana saya bisa memulai riak minggu ini?"

Di mejamu? Di kantormu? Di jalanmu?

Satu kehidupan yang tersentuh secara mendalam akan menyentuh sepuluh kehidupan lainnya.

Begitulah cara Yesus mengubah dunia—bukan dengan paksaan, melainkan dengan kesetiaan.

BAB 7 - Para Duta Besar

2 *Korintus 5:20 | Matius 5:14–16 | Yesaya 61:4*

Itu dimulai secara diam-diam — sebagaimana kebanyakan revolusi lainnya.

Tak ada pengumuman, tak ada spanduk acara, tak ada lampu panggung.

Hanya sekelompok orang percaya biasa—yang terlatih dalam kasih, berakar dalam kebenaran—mulai melangkah ke tempat-tempat yang dulu mereka hindari.

Mereka menyebut diri mereka **sebagai "Duta Jalan".**

Bukan karena mereka fasih berbicara, tetapi karena mereka **diutus** .

Adegan Satu: Pergeseran

ANITA DUDUK DI RUANG tamunya yang kecil, sekarang dipenuhi kursi-kursi usang dan tawa hangat.

Gadis-gadis yang pernah ia jadikan murid di bawah pohon kini memimpin lingkaran mereka sendiri.

Salah satunya, seorang perawat, telah memulai pertemuan mingguan di kantin rumah sakit —

tempat mereka berdoa untuk keluarga pasien dan bernyanyi lembut di sela-sela giliran kerja.

Yang lain, seorang pengacara, mulai mengadakan sesi pagi dengan para profesional muda —

membaca Kitab Suci sebelum menuju ruang sidang.

"Kita tidak hanya diselamatkan untuk bertahan hidup," kata Anita sambil tersenyum, "kita diutus untuk bersinar."

Gadis-gadis itu mengangguk.

Masing-masing membawa api dengan cara yang berbeda, tetapi mereka semua membawanya dengan setia.

Adegan Kedua: Tugas Esther

DI SEBUAH RUANG KONFERENSI kecil di Nairobi, Pendeta Esther berbicara kepada dua puluh pendeta muda.

Hilang sudah lampu LED dan pamflet mengilap itu.

Kini ia berdiri tanpa apa pun kecuali papan tulis dan Alkitab, menulis tiga kata:

"Kedalaman. Cinta. Perkalian."

"Jika pelayananmu berakhir denganmu," katanya,

"maka kamu tidak pernah membangun Kerajaan-Nya — hanya Kerajaanmu sendiri."

Keheningan menyelimuti ruangan itu.

Dia melanjutkan,

"Yesus tidak berkata, 'Pergilah dan perbanyaklah pengikut.'

Dia berkata, 'Pergilah dan jadikanlah murid.' Murid yang menjadi duta besar."

Seorang pria muda mengangkat tangannya.

"Bagaimana kita mengirim duta besar?"

Esther tersenyum.

"Kita tidak mengirim—kita menyerah. Dia yang mengirim mereka."

Dan itu menjadi ritme baru mereka —

lebih sedikit kontrol, lebih banyak komisi.

Adegan Tiga: Tujuh Gunung

DAMPAKNYA MULAI MENYENTUH **pendidikan** , **media** , **bisnis** , **pemerintahan** , **keluarga** , **seni** , dan **agama** .

- Seorang jurnalis yang pernah dikenal dengan sensasionalismenya mulai memproduksi film dokumenter pendek tentang para reformis yang pendiam.
- Seorang guru merevisi kurikulumnya untuk mengajarkan kasih sayang berdampingan dengan matematika.
- Seorang perancang busana lokal memulai lini produk bernama *Grace Woven* — mempekerjakan mantan narapidana untuk memulihkan

martabat melalui desain.

- Seorang petugas polisi, yang dibimbing dalam The Way, mulai berdoa bersama tim patroli sebelum setiap giliran bertugas.

Itu bukan sebuah organisasi—itu adalah **organisme** .

Hidup, bernapas, dan berkembang biak.

Masing-masing menjadi duta besar — mewakili Surga dalam wilayah keseharian mereka.

Adegan Empat: Koneksi Kontinental

EMAIL MULAI BERDATANGAN dari Ghana, Uganda, dan Afrika Selatan.

Pesan juga datang dari Brasil, Filipina, dan bahkan Rusia.

"Kami menonton blognya... serialnya... ceritanya."

"Bisakah kami bergabung dengan The Way?"

Tak lama kemudian, Lingkaran Jalan kecil muncul lintas bahasa —

Swahili di Kenya, Spanyol di Peru, Tagalog di Manila, dan Rusia di Moskow.

Mereka semua mengikuti irama sederhana yang sama:

Kata — bacalah.

Jalani — jalani.

Saksi — bagikan.

Dan di seluruh dunia, orang-orang mulai menggemakan kalimat:

"Jangan hanya percaya — jadilah."

Adegan Lima: Kedutaan Besar Surga

BEBERAPA BULAN KEMUDIAN, di Nairobi, sebuah pertemuan berlangsung.

Tidak ada perang salib — hanya komuni. Perwakilan dari dua belas negara bertemu di bawah satu atap.

Pendeta Esther, Ruth, Anita, dan tim yang terus berkembang berdiri di hadapan mereka — bukan sebagai selebriti, tetapi sebagai pelayan.

Ruth membuka pertemuan, membaca **2 Korintus 5:20** :

"Karena itu kami ini adalah duta-duta Kristus, seakan-akan Allah menasihati kamu dengan perantaraan kami."

Air mata memenuhi ruangan.

Anita melangkah maju dan berbisik,

"Kami diselamatkan lima kali... tapi ditemukan sekali."

Aula menjadi hening.

Kemudian tepuk tangan meriah—bukan untuk menghormati mereka, melainkan untuk merayakan **apa yang dapat dibangun kembali oleh kasih karunia** .

Adegan Enam: Perpisahan Global

MEREKA MENGAKHIRI PERTEMUAN itu dengan doa pengukuhan.

Satu per satu, tangan diletakkan—bukan untuk menunjukkan ketenaran, melainkan kesetiaan.

"Pergilah ke kota-kota Anda...

ruang rapat Anda... rumah Anda... dan hati Anda... dan bangunlah murid-murid — bukan hiasan."

Doa itu diakhiri dengan kata-kata Yesus berikut ini:

"Kamu adalah terang dunia.

Kota yang terletak di atas gunung tidak mungkin tersembunyi."

Dan saat musik mulai mengalun,

Anda hampir bisa mendengar Surga berbisik:

"Gereja telah meninggalkan gedung."

CERMINAN

DUNIA TIDAK BUTUH LEBIH banyak selebritas — dunia butuh **duta besar** .

Pria dan wanita yang membawa budaya Surga ke pelosok bumi mereka.

Seorang duta besar tidak mengucapkan kata-katanya sendiri — mereka membawa kehendak Raja mereka.

Ketika Yesus berkata,

"Pergilah ke seluruh dunia,"

Ia tidak hanya berbicara tentang bangsa-bangsa —Ia berarti industri, masyarakat, dan keluarga.

Anda tidak perlu mimbar untuk berkhotbah.

Ruang rapat Anda, ruang kelas Anda, dapur Anda — semuanya adalah altar Anda.

Di mana pun Anda berdiri, berdirilah sebagai orang **yang diutus Tuhan** .

KUNCI KITAB SUCI

"KARENA ITU KAMI ADALAH duta-duta Kristus, seakan-akan Allah menasihati kamu dengan perantaraan kami." — **2 Korintus 5:20**

"Kamu adalah terang dunia... hendaklah terangmu bercahaya di depan orang lain." — **Matius 5:14–16**

"Mereka akan membangun kembali reruntuhan kuno dan memulihkan tempat-tempat yang telah lama hancur." — **Yesaya 61:4**

TANTANGAN AKSI

TANYAKAN PADA DIRI Anda hari ini:

"Di gunung manakah Tuhan menempatkanku?"

Pendidikan? Media? Bisnis? Keluarga? Pemerintahan? Seni? Agama?

Lalu berdoa:

"Tuhan, jadikanlah aku duta-Mu di sana."

Anda tidak harus terkenal —

Anda hanya harus setia.

Ketika murid-murid menjadi duta,

Injil berhenti menjadi sebuah pesan—dan menjadi sebuah gerakan.

BAB 8 - Kebangkitan Bangsa-Bangsa

M*azmur 67:2 | Habakuk 2:14 | Matius 24:14*

Adegan Satu: Percikan Melintasi Batas

DIMULAINYA DENGAN BISIKAN dalam lingkaran doa.

Dari Nairobi ke Lagos.

Dari Kairo ke Cape Town. Dari daerah kumuh Mumbai ke jalanan São Paulo.

Orang-orang berbicara — bukan tentang seorang pendeta, tetapi tentang sebuah pola:

"Murid yang membuat murid."

Seorang jurnalis Kenya yang sedang melakukan perjalanan ke Ghana melihat sebuah lingkaran yang familiar di bawah pohon mangga —

orang-orang percaya sedang membaca Injil Yohanes, masing-masing secara bergantian. Ketika ditanya gereja mana yang mereka ikuti, mereka tersenyum dan berkata:

"Kami adalah *Jalan* — Gereja tanpa dinding."

Sang jurnalis menangis.

Itu bukan waralaba. Itu *keluarga* .

Adegan Dua: Bahasa Cahaya

TAK LAMA KEMUDIAN, terjemahan mulai menyebar luas.

Seorang programmer muda di Argentina membangun situs untuk menghubungkan lingkaran-lingkaran berdasarkan wilayah.

Sebuah tim di Manila menciptakan versi audio *The Way Lessons* dalam bahasa Tagalog.

Di Rusia, umat beriman berbisik-bisik melalui VPN, mengirimkan ayat-ayat suci yang disamarkan dalam kode.

Di Meksiko, para murid bertemu di kafe-kafe — mempelajari Khotbah di Bukit di sela-sela menikmati espresso.

Di Prancis, sekelompok seniman mengubah perumpamaan menjadi mural di jalanan Paris.

Setiap lidah, setiap alat, membawa satu detak jantung:

"Ajarlah mereka untuk menaati segala sesuatu yang telah Kuperintahkan kepadamu." *(Matius 28:20)*

Itu bukan budaya Barat.

Itu bukan budaya Afrika. Itu *budaya Surga* , yang menemukan suaranya dalam setiap bahasa.

Adegan Tiga: Pengawasan Pemerintah

SUATU PAGI, PENDETA Esther menerima sepucuk surat — bukan dari gereja, tetapi dari **Kementerian Pendidikan** .

Mereka telah melacak laporan dari universitas —

penurunan penyalahgunaan narkoba, berkurangnya kekerasan, dan meningkatnya kesukarelaan.

Surat itu berbunyi:

"Kami tidak mengerti apa yang Anda lakukan,

tapi apa pun itu, ini berhasil."

Tak lama kemudian, para pemimpin pemerintah meminta untuk mengamati sebuah kelompok pemuridan.

Esther tersenyum lembut dan berkata:

"Anda tidak bisa hanya mengamati... Anda harus berpartisipasi."

Mereka melakukannya.

Dan banyak yang meninggalkan tempat itu sambil menangis.

Seorang menteri keuangan berbisik,

"Saya telah menandatangani anggaran selama beberapa dekade, tetapi ini... ini adalah transformasi."

Adegan Empat: Pergeseran Gelombang Udara

DI LAGOS, SEORANG PENYIAR radio bernama **Dami** pernah memiliki acara larut malam yang penuh gosip.

Setelah membaca kisah viral Anita, ia mengundangnya untuk wawancara.

Dia datang diam-diam, tanpa rombongan.

Saat ia berbagi perjalanannya — dari panggilan altar hingga kecanduan, dari ketenaran hingga iman —

jutaan orang menyaksikannya.

Komentar membanjiri stasiun:

"Kupikir aku sendirian."

"Sekarang aku mengerti apa itu keselamatan sejati."

Dami menatap Anita dan berkata,

"Kita punya mikrofon — Anda punya pesan. Mari bermitra."

Dan untuk pertama kalinya, radio sekuler menjadi tempat perlindungan.

Adegan Lima: Sarapan Para Pengusaha

DI KOREA SELATAN, SEKELOMPOK CEO mulai berkumpul sejak fajar.

Tanpa agenda. Tanpa kesepakatan. Hanya Alkitab dan keheningan.

Salah satu dari mereka mengaku,

"Kita membangun perusahaan... tapi kehilangan karakter kita."

Pada pertemuan ketiga, mereka mendanai misi, mengadopsi sekolah, dan membimbing kaum muda.

Seorang pengamat bertanya,

"Apa yang mengubahmu?"

Pemimpin mereka menjawab,

Kami menemukan sebuah kisah dari Kenya — tentang seorang gadis yang diselamatkan lima kali tetapi tidak pernah dimuridkan sekali pun. Kisah itu mengubah kami.

Adegan Enam: Keajaiban Timur Tengah

DI SEBUAH KOTA KECIL di Timur Tengah, seorang pria bernama Karim menemukan sebuah PDF yang dibagikan secara rahasia.

Isinya adalah *The Way – Journey with Jesus (40 Days)* yang diterjemahkan ke dalam bahasa Arab.

Dia mulai membacanya setiap malam di bengkelnya.

Pada hari ke 10, bisiknya,

"Yesus ini... Dia berjalan bersamaku bahkan dalam keheningan."

Tak lama kemudian, istrinya menyusul. Lalu tetangga mereka.

Ketika pihak berwenang datang untuk menginterogasi mereka, Karim tersenyum dan berkata,

"Kami tidak sedang memulai sebuah agama. Kami sedang menjadi keluarga."

Mereka pergi dengan kebingungan. Namun Injil tetap ada.

Adegan Tujuh: Dewan Afrika

BEBERAPA BULAN KEMUDIAN, para pemimpin dari dua belas negara Afrika berkumpul di Abuja untuk sebuah forum antaragama.

Di antara mereka adalah Pendeta Esther.

Ketika gilirannya tiba, ia tidak membawa slide atau kutipan.

Ia menceritakan kisah Anita.

Ruangan itu menjadi hening.

Tak seorang pun membantah.

Seorang ulama berdiri dan berkata dengan lembut,

"Jika demikianlah kasih Kristus... maka kita harus belajar dari-Nya."

Momen itu sakral.

Dinding retak. Hati terbuka. Itu bukan kompromi—itu belas kasih.

Adegan Delapan: Konferensi Global

TAHUN BERIKUTNYA, UNDANGAN datang dari Perserikatan Bangsa-Bangsa.

Tema: *Iman, Kedamaian, dan Masa Depan Kemanusiaan.*

Anita, Ruth, dan Esther hadir bersama.

Dalam sesi breakout, Anita kembali berbagi:

"Kita tidak butuh lebih banyak perang salib — kita butuh percakapan.

Pemuridan adalah kasih, bukan kilat."

Moderator bertanya,

"Dan dimana ini dimulai?"

Anita tersenyum.

"Di sebuah taman kecil di Nairobi — ketika seorang wanita bertobat, dan wanita lain menolak untuk menyerah."

Tepuk tangan memenuhi ruangan.

Adegan Sembilan: Kata-kata Nubuat

MALAM ITU, ESTHER BERMIMPI lagi.

Ia melihat benua-benua—Afrika, Asia, Eropa, Amerika—semuanya bersinar bagai bara api.

Lalu sebuah tangan menyentuh bola dunia itu, dan api pun menyebar ke seluruh lautan.

Suara seperti air yang banyak berkata:

"Ini bukan kebangkitan rohani — ini reformasi.

Aku tidak sedang membangkitkan orang yang bertobat. Aku sedang membentuk putra-putra."

Dia terbangun gemetar, berbisik,

"Tuhan... semoga hal itu terjadi."

Adegan Sepuluh: Perspektif Surga

PARA MALAIKAT BERKUMPUL di sekitar balkon Surga, menyaksikan.

Bukan perang salib. Bukan kebisingan. Bukan pertunjukan.

Hanya lingkaran — rumah — hati.

Sebuah suara bergemuruh,

"Bumi akan dipenuhi dengan pengetahuan tentang kemuliaan Tuhan,

seperti air yang menutupi dasar laut." *(Habakuk 2:14)*

Dan Surga bersukacita —

karena para murid akhirnya mulai *memuridkan bangsa-bangsa* .

CERMINAN

KEBANGUNAN ROHANI SEJATI bukanlah tentang pertemuan — melainkan tentang tata kelola hati.

Ketika Yesus berkata,

"Pergilah, jadikanlah semua bangsa murid-Ku,"

Dia tidak mengutus kita untuk berwisata. Dia mengutus kita untuk melakukan transformasi.

Pemuridan adalah benihnya.

Bangsa-bangsa adalah panennya.

Ketika satu kehidupan berubah, sebuah komunitas pun bergeser.

Ketika satu komunitas bergeser, sebuah bangsa pun terbangun.
Kepatuhan Afrika menjadi undangan global —
untuk berjalan, bukan terburu-buru; untuk mencari nafkah, bukan berlari.

KUNCI KITAB SUCI

"AGAR JALAN-MU DIKENAL di bumi, dan keselamatan-Mu di antara segala bangsa." — **Mazmur 67:2**

"Bumi akan dipenuhi dengan pengetahuan tentang kemuliaan Tuhan." — **Habakuk 2:14**

"Injil Kerajaan ini akan diberitakan di seluruh dunia." — **Matius 24:14**

TANTANGAN AKSI

TANYAKAN: *"Bagian dunia mana yang membutuhkan cahaya?"*

Mungkin bukan sebuah negara — mungkin lingkungan sekitar Anda.
Berdoa:
"Tuhan, bangunkanlah lingkaranku.
Biarlah bangsa-bangsa memulai denganku."
Mulailah sebuah kelompok kecil.
Bagikan kesaksian Anda. Ajarkan satu kebenaran.
Begitulah cara bangsa-bangsa bangkit —
satu murid pada satu waktu.

BAB 9 - Kembalinya

Lukas 15:20 | Wahyu 2:4–5 | Filipi 1:6

Adegan Satu: Perjalanan Kembali

SAAT ITU MINGGU PAGI yang cerah di Nairobi — tetapi tidak bising.

Tanpa lampu, tanpa kamera, tanpa desain panggung.

Hanya semilir angin sepoi-sepoi yang menembus pintu-pintu terbuka Gereja Glory Path—tempat yang sama di mana, bertahun-tahun lalu, ribuan orang pernah berbondong-bondong mencari keselamatan.

Anita berdiri di pintu masuk, tangannya gemetar.

"Sudah lima tahun," bisiknya.

"Lima tahun sejak aku berlari di lorong ini."

Pendeta Esther tersenyum di sampingnya.

"Dan lima tahun sejak saya belajar apa artinya berjalan."

Mereka saling memandang, mata mereka berkaca-kaca — bukan karena rasa bersalah, tetapi karena kasih karunia.

Adegan Kedua: Panggung Kosong

MIMBARNYA MASIH ADA—TAPI lampu LED-nya sudah tidak ada.

Tidak ada mesin kabut. Tidak ada jam hitung mundur.

Sebaliknya, barisan kursi kayu melingkar memenuhi barisan depan.

Alkitab-Alkitab terbuka. Lilin-lilin berkedip lembut.

Rut berdiri di hadapan mereka, Alkitabnya terbuka pada **Wahyu 2:4–5** .

"Kamu telah meninggalkan kasihmu yang semula...

Karena itu ingatlah betapa dalamnya engkau telah jatuh; bertobatlah dan lakukanlah lagi apa yang semula engkau lakukan."

Suaranya pecah.

"Inilah tempatnya. Tempat kita meninggalkan cinta."

Esther berlutut lebih dulu.

Lalu Anita. Lalu yang lainnya.

Air mata menyentuh altar yang sama —

tetapi kali ini, mereka tidak memohon keselamatan. Mereka bersyukur kepada Tuhan atas *pemulihan* .

Adegan Tiga: Rekonsiliasi

KETIKA ANITA BANGKIT, ia melihat wajah-wajah yang sudah lama tidak dilihatnya —

anggota paduan suara, pengantar tamu, aktor dari tim drama.

Satu per satu, mereka mendekatinya.

"Kami seharusnya memeriksamu."

"Kami tidak mengerti apa yang kamu alami."

Anita menangis.

"Aku memaafkanmu. Aku juga tersesat."

Mereka berpelukan —

gambaran belas kasihan bertemu kenangan.

Pada saat itu, tak seorang pun menjadi pahlawan.

Hanya kasih karunia yang menjadi pahlawan.

Adegan Empat: Panggilan Altar Baru

ESTHER BERJALAN KE depan, mikrofon di tangan.

"Dulu," katanya, "kita menghitung tangan yang terangkat.

Hari ini, kita menghitung hati yang dipulihkan."

Dia berhenti sejenak, sambil melihat sekeliling.

"Jika kamu sudah diselamatkan, tetapi belum pernah dimuridkan...

Majulah. Kami akan berjalan bersamamu."

Perlahan, orang-orang mulai melangkah keluar.

Bukan berlari. Berjalan—bergandengan tangan.

Tanpa musik keras. Tanpa tekanan. Hanya kehadiran.

Rut memimpin mereka dalam doa — bukan untuk penyelamatan, melainkan untuk akar.

Adegan Lima: Benih dan Tanah

SETELAH KEBAKTIAN, anak-anak menanam bibit pohon di luar gerbang gereja.

Pada setiap bibit, terdapat label bertuliskan:

"Berakar di dalam Kristus. Bertumbuh dalam Kasih."

Esther berbisik,

"Setiap tangan yang terangkat pasti menemukan tanah untuk tumbuh."

Anita mengangguk.

"Tidak ada lagi kebakaran hebat — hanya taman hidup."

Dan hari itu, Nairobi melihat sesuatu yang baru —

bukan api kebangunan rohani, tetapi *akar pemuridan* .

Adegan Enam: Lingkaran Kesaksian

DI BAWAH POHON DEKAT gereja, kelompok pemuridan pertama berkumpul kembali.

Kelompok yang sama yang dibentuk Rut bertahun-tahun lalu.

Sekarang lebih tua, lebih mantap, lebih kuat.

Mereka berbagi cerita transformasi:

- Seorang mantan pecandu yang berubah menjadi konselor.
- Seorang ibu tunggal yang sekarang menjadi mentor bagi gadis-gadis remaja.
- Seorang anak jalanan yang menghafal Mazmur dan sekarang memimpin ibadah di taman.

Anita tersenyum sambil mendengarkan.

"Setiap cerita dimulai dengan satu percakapan... satu tindak lanjut... satu langkah setia."

Ruth menjawab dengan lembut,

"Dan satu Juruselamat yang tidak pernah berhenti mengetuk."

Adegan Tujuh: Tangan dan Hati

MALAM ITU, ANITA BERMIMPI.

Dia melihat tangan yang sama seperti yang dilihatnya bertahun-tahun lalu
—

tangan bercahaya yang mengetuk pintu kaca.
Namun kali ini, pintunya terbuka lebar.
Tangan itu masuk, dan sebuah suara berkata:
"Dulu kamu berseru, 'Di mana kedamaian yang dijanjikan kepadaku?'
Sekarang, kamu membawanya."
Anita jatuh berlutut.
Air matanya mengalir deras.
"Terima kasih, Tuhan... karena tidak menyerah saat kami melakukannya."

Adegan Delapan: Lingkaran Penuh

KEESOKAN PAGINYA, ANITA berjalan-jalan di kota.

Papan reklame yang dulunya memajang poster-poster KKR kini menampilkan proyek-proyek komunitas.

Tim-tim promosi yang dulunya berprofesi sebagai penginjil jalanan kini menjadi penginjil yang menyajikan makanan dan mendoakan orang-orang asing.

Saat dia melewati mural di dinding, dia berhenti.
Bunyinya:
"Kemuridan adalah kasih yang bertahan lama."
Dia tersenyum.
"Ya, itu benar."

CERMINAN

KISAH INI BERAWAL DARI seorang gadis bernama Anita — diselamatkan lima kali, tak pernah dimuridkan.

Namun, kisah ini berakhir dengan seorang perempuan yang terlahir kembali — bukan karena emosi, melainkan karena pertemuan.

Dimulai dengan gereja yang menghitung jumlah orang yang bertobat,
dan diakhiri dengan Kerajaan yang membina murid-murid.

Kita semua adalah Anita dalam beberapa hal — ditarik oleh anugerah, tetapi dibentuk oleh kebenaran.

Dan kita semua adalah Ester — tergoda oleh angka, hingga cinta mengingatkan kita untuk berhenti dan mendengarkan.

Yesus tidak pernah meminta kita untuk mengumpulkan orang banyak.

Dia meminta kita untuk mengikuti-Nya — perlahan, sungguh-sungguh, dan setia.

Dan ketika kita kembali ke altar cinta pertama,

kita menemukan apa yang Dia inginkan selama ini:

persahabatan, bukan penampilan .

KUNCI KITAB SUCI

"KETIKA IA MASIH JAUH, ayahnya telah melihatnya, lalu tergeraklah hatinya oleh belas kasihan." — **Lukas 15:20**

"Kamu telah meninggalkan kasihmu yang semula... kembalilah kepada pekerjaan-pekerjaan yang semula kamu lakukan." — **Wahyu 2:4–5**

"Dia, yang memulai pekerjaan yang baik di antara kamu, akan meneruskannya sampai pada akhirnya." — **Filipi 1:6**

TANTANGAN AKSI

TANYAKAN PADA DIRI Anda hari ini:

"Apakah aku telah meninggalkan cinta pertamaku?"

Berdoa:

"Tuhan, kembalikan aku — bukan ke gemerlapnya, tapi ke hati."

Jangkau:

Tindak lanjuti dengan seseorang yang pernah Anda doakan. Berjalanlah bersama mereka.

Ingatlah:

Keselamatan dimulai dalam sekejap—tetapi pemuridan berlangsung seumur hidup.

EPILOG - Terselamatkan Namun Hilang: Cermin Kenabian bagi Generasi Kita

M*atius 28:19–20 | Wahyu 3:15–20 | Lukas 10:41–42*

Bermula di Nairobi.

Tapi bukan hanya tentang Kenya.

Itu tentang *kita semua* —

Gereja global, orang percaya modern, jiwa yang maju tetapi tidak pernah bergerak maju.

Ini tentang setiap altar yang menghitung keputusan... tapi melupakan murid-murid.

Setiap tangan terangkat... tapi tak pernah teracung. Setiap "Amin" bersorak... tapi tak pernah hidup.

Cermin

SAVED BUT LOST bukanlah fiksi — melainkan sebuah refleksi.

Kisah Anita adalah suara jutaan orang —
terlahir kembali, namun tak pernah *bangkit* .
Kita membangun gereja yang berlari cepat.
Namun, Surga memanggil kita untuk *berjalan* .
Kami menyelenggarakan kebangunan rohani yang memenuhi arena.
Namun, Yesus tetap berdiri di luar pintu — mengetuk.
Kita merayakan pelayanan Marta
dan melupakan kebisuan Maria.
Kita bertambah jumlahnya,
tetapi kehilangan pengasuhan.
Kami berseru, "Ya, Tuhan!"
namun tak pernah berhenti bertanya, "Apa lagi selanjutnya?"

Peringatan

WAHYU 3:15-16 BUKAN tentang orang kafir.

Ini adalah surat kepada orang percaya—kepada *murid-murid yang suam-suam kuku* ,
kepada *kebangunan rohani yang terburu-buru* ,
kepada *iman yang tanpa tindak lanjut* .
“Karena engkau tidak dingin atau panas,
Aku akan memuntahkan engkau dari mulut-Ku.”
Yang mendukakan Surga bukan sekadar dosa —
melainkan keselamatan yang dangkal.
Yesus mati bukan untuk kehadiran.
Dia mati untuk keselarasan.
Bila kita mengkhotbahkan kecepatan dan bukan penyerahan diri,
kita menghasilkan orang yang bertobat — bukan teman.
Saat kita mengejar platform di atas orang,
kita membangun menara — bukan meja.
Dan ketika kita mengabaikan pemuridan,
kita mewarisi disfungsi.

Panggilan

NAMUN ADA HARAPAN.
Selalu ada harapan.
Di seluruh negara, sekelompok kecil sedang bangkit —
rendah hati, tak bernama, setia.
Mereka berkumpul bukan untuk pamer,
tapi untuk membentuk.
Mereka kembali ke irama gereja pertama —
memecahkan roti, berbagi hati, berjalan setiap hari.
Afrika pertama kali mendengar ketukan —
tetapi kini Asia menjawab. Eropa mendengarkan. Benua Amerika bergerak.
Gereja mengenang cinta pertamanya.
Ini bukanlah akhir dari ceritanya —
ini adalah pengenalan kembali Yesus kepada Mempelai Wanita-Nya.

Pesan

JIKA ANDA TELAH **diselamatkan namun terhilang** ,

dengarkan ini:

Yesus tidak memanggilmu untuk berusaha lebih keras.

Dia memanggilmu untuk berjalan lebih dekat.

Anda tidak perlu sempurna —

hadir saja.

Temukan sebuah lingkaran.

Pelajari suara-Nya. Kasihilah sesamamu. Jadilah murid — dan jadikanlah murid.

Inilah jalan yang sempit —

satu-satunya jalan yang bertahan lama.

"Karena itu pergilah, jadikanlah semua bangsa murid-Ku..." *(Matius 28:19)*

Itu bukan slogan.

Itu panggilan.

Doa

AYAH,

Kami kembali.

Dari keramaian hingga persekutuan,

dari sensasi hingga kesucian, dari jumlah hingga pengasuhan.

Kami bertobat untuk setiap jiwa yang kami hitung,

namun tak pernah kami bawa.

Maafkan kami karena merayakan dengan tangan terangkat

tanpa hati yang berubah.

Pulihkan kecintaan kita untuk mendengarkan.

Bangkitkan kembali rasa haus kita akan kedalaman.

Biarlah Gereja memperlambat langkahnya —

untuk berjalan lagi bersama-Mu.

Dalam nama Yesus.

Amin.

Deklarasi Kenabian

AKU NYATAKAN ATAS GENERASI ini —

Era panggilan altar kosong telah berakhir.

Musim pemuridan yang mendalam telah dimulai.

Roh Kudus sedang memperkenalkan kembali **Kekristenan yang berakar** .

Dari rumah ke rumah. Dari hati ke hati.

Gereja tidak akan lagi mengejar kecepatan—mereka akan mencari ketenangan.

Pendeta tidak akan lagi menghitung orang yang bertobat—mereka akan mencari teman. Umat percaya tidak akan lagi terombang-ambing—mereka akan tinggal diam.

Dan bangsa-bangsa tidak hanya akan mendengar Injil —

mereka akan **melihatnya** dihidupi.

Karena Yesus sedang membangun Gereja-Nya lagi —

dan kali ini, gerbang neraka tidak akan menang.

BIAYA AKHIR

KAMU TIDAK DIPANGGIL untuk menjadi selebriti.

Kamu dipanggil untuk menjadi **murid** .

Anda tidak dipanggil untuk menjadi viral.

Anda dipanggil untuk pergi **dan menjadikan murid** .

Kamu tidak dipanggil untuk dilihat.

Kamu dipanggil untuk **diutus** .

Kisah Anita berakhir di mana kisah Anda dimulai:

Bukan di altar — melainkan di jalan.

Pikullah salibmu.

Ikutilah Dia. Berjalanlah dalam kasih. Dan jangan hanya percaya — **jadilah** .

"Maria telah memilih bagian yang terbaik, yang tidak akan diambil darinya." — *Lukas 10:42*

"Lihat, Aku berdiri di muka pintu dan mengetok..." — *Wahyu 3:20*

"Dia, yang memulai pekerjaan yang baik di antara kamu, akan meneruskannya sampai pada akhirnya." — *Filipi 1:6*

Saved But Lost tidak ditulis untuk menghibur Anda.
Buku ini ditulis untuk **membangunkan Anda** .
Yesus masih mengetuk.
Maukah kamu membukanya?

DISELAMATKAN TAPI HILANG — PANDUAN BELAJAR & REFLEKSI

Perjalanan 9 Sesi dari Keputusan ke Pemuridan

"Ajarlah mereka untuk menaati segala sesuatu yang telah Kuperintahkan kepadamu." — *Matius 28:20*

SESI 1: *Ilusi*

LUKAS 10:38–41 | Matius 23:15

Ringkasan

GEREJA GLORY PATH BERKILAUAN dengan lampu dan slogan — tetapi kurang kasih. Pelayanan Pendeta Esther memperhitungkan ribuan keputusan tetapi mengabaikan pemuridan. Anita, yang diselamatkan lima kali di lima gereja, melambangkan generasi yang mengejar momen emosional tetapi kehilangan transformasi.

Pertanyaan Refleksi

1. Dengan cara apa saja Kekristenan modern menggantikan pemuridan dengan tontonan?
2. Bagaimana kita dapat membedakan antara respons emosional dan pertobatan sejati?
3. Apakah ada " Anitas " di sekitar kita — orang-orang yang dirayakan, namun tidak dipedulikan?

Fokus Doa

TUHAN, BUKALAH MATA kami terhadap ilusi yang telah kami bangun. Ajari kami untuk melihat hati, bukan tangan.

Berdoalah bagi gereja-gereja yang terjebak dalam sensasi agar dapat menemukan kembali kerendahan hati dan kedalaman.

Aplikasi Kehidupan

TULISKAN SATU NAMA seseorang yang pernah datang kepada Kristus tetapi kemudian menjauh. Hubungi mereka minggu ini. Tanyakan bagaimana keadaan mereka sebenarnya — bukan secara rohani, tetapi secara pribadi.

SESI 2: *Ketukan*

WAHYU 3:15–20 | Lukas 10:42

Ringkasan

SEMENTARA GEREJA MERAYAKAN keselamatan yang cepat, Yesus berada di luar — mengetuk. Suara kebenaran Rut menembus kerumunan, mengingatkan Ester bahwa kebangunan rohani tanpa hubungan adalah pemberontakan terhadap kasih.

Pertanyaan Refleksi

1. Seberapa sering kita "melakukan pelayanan" tanpa mendengarkan Yesus?
2. Apa artinya Yesus mengetuk pintu gereja *kita ?*
3. Mengapa kita menolak melambat dalam kehidupan rohani?

Fokus Doa

TUHAN YESUS, KAMI MEMBUKA pintu. Masuklah kembali ke tengah-tengah kami. Bersantaplah bersama kami. Ajari kami untuk menantikan-Mu.

Aplikasi Kehidupan

LUANGKAN SATU JAM PENUH minggu ini tanpa agenda apa pun — hanya untuk duduk diam di hadirat Tuhan. Tuliskan apa yang Dia tanamkan dalam hatimu.

SESI 3: *Krisis*

MATIUS 23:15 | Mazmur 51:17

Ringkasan

BLOG ANITA, "DISELAMATKAN tapi Terlupakan," menyingkap kekosongan permainan angka. Gereja-gereja panik, tetapi Surga memanggil pertobatan. Krisis itu bukanlah kegagalan — melainkan campur tangan ilahi.

Pertanyaan Refleksi

1. "Metrik keberhasilan" modern apa yang telah diadopsi Gereja yang bertentangan dengan model Kristus?
2. Bagaimana pengungkapan diri di depan publik dapat menjadi alat pertobatan pribadi?
3. Seperti apakah kehancuran di hadapan Tuhan bagi para pemimpin masa kini?

Fokus Doa

TUHAN, GUNAKANLAH KRISIS untuk menyucikan, bukan untuk mengutuk. Sucikanlah Mempelai-Mu.

Berdoa agar para pemimpin memiliki keberanian untuk menghadapi kegagalan dan perubahan.

Aplikasi Kehidupan

TULISLAH SURAT PENGAKUAN—BUKAN rasa bersalah, melainkan pertumbuhan.

Akui satu hal yang selama ini Anda prioritaskan, yaitu kecepatan daripada kedalaman. Bagikan surat ini dengan mentor atau rekan akuntabilitas.

SESI 4: *Sisa-sisa*

LUKAS 10:42 | Yohanes 15:5

Ringkasan

ESTER MENGHENTIKAN perang salib dan kembali ke keintiman. Beberapa orang yang tersisa — Rut, Maria, Anita — memulai karya pemuridan yang perlahan. Apa yang awalnya dianggap kehilangan, berubah menjadi warisan.

Pertanyaan Refleksi

1. Mengapa Tuhan sering kali membangun dengan sisa-sisa umat, bukan banyak orang?
2. Apa perbedaan antara "penonton" dan "murid"?
3. Bagaimana lingkaran kecil dapat melahirkan transformasi besar?

Fokus Doa

"TUHAN, BERIKAN KAMI mata untuk segelintir orang — dan iman untuk masa depan."

Berdoa memohon keberanian untuk berhenti terburu-buru dan mulai mendukung.

Aplikasi Kehidupan

KUMPULKAN 2-3 TEMAN dan mulailah perjalanan Kitab Suci mingguan.

Pilih satu Injil, baca satu bab, dan bagikan apa yang Tuhan tekankan.

SESI 5: Para Duta Besar

2 KORINTUS 5:20 | Matius 5:14–16

Ringkasan

MURID-MURID BERTUMBUH menjadi duta-duta besar — membawa budaya Kerajaan ke sekolah-sekolah, kantor-kantor, media, dan politik. Esther menyadari: kebangunan rohani sejati terjadi dari Senin sampai Sabtu, bukan hanya hari Minggu.

Pertanyaan Refleksi

1. Di mana Tuhan menempatkan Anda sebagai duta-Nya?
2. Bagaimana Anda merepresentasikan nilai-nilai Surga dalam budaya yang telah jatuh?
3. Apa yang akan berubah jika setiap orang percaya melihat pekerjaan mereka sebagai ladang misi?

Fokus Doa

"BAPA, JADIKANLAH AKU duta-Mu — yang setia, tak kenal takut, dan berbuah."

Berdoalah untuk tempat kerja, komunitas, atau negara Anda sebagai "kedutaan besar Surga" Anda.

Aplikasi Kehidupan

IDENTIFIKASI SATU LINGKUNGAN sehari-hari (sekolah, kantor, jalan) dan lakukan satu tindakan Kerajaan — berdoa, memberi semangat, melayani, atau membagikan kebenaran.

SESI 6: Kebangkitan Bangsa-Bangsa

HABAKUK 2:14 | Mazmur 67:2

Ringkasan

PEMURIDAN MENYEBAR secara global — dari Nairobi hingga New York, dari Kairo hingga Seoul. Pemerintah, bisnis, dan media mulai melihat transformasi melalui orang-orang percaya biasa yang membawa anugerah luar biasa.

Pertanyaan Refleksi

1. Apa artinya "menjadikan bangsa murid-murid"?
2. Bagaimana ketaatan yang kecil dapat memicu kebangkitan yang besar?
3. Bangsa atau kelompok masyarakat manakah yang paling berkesan di hati Anda?

Fokus Doa

"TUHAN, PENUHILAH BUMI dengan pengetahuan-Mu seperti air menutupi lautan."

Berdoalah untuk para misionaris, pembuat murid, dan reformator di seluruh benua.

Aplikasi Kehidupan

HABISKAN SATU HARI untuk mempelajari bangsa lain.

Berdoalah untuk para pemimpin, kaum muda, dan gereja-gereja mereka. Mohon Tuhan untuk memberikan Anda satu tugas global.

SESI 7: *Kembalinya*

WAHYU 2:4–5 | Lukas 15:20

Ringkasan

ANITA DAN ESTHER KEMBALI ke Jalan Kemuliaan — bukan untuk panggilan altar lagi, melainkan untuk membangun kembali dari kasih. Mereka menukar kebisingan dengan pemeliharaan, kilatan cahaya dengan kesetiaan. Pintu yang dulu mengunci Yesus kini terbuka lebar.

Pertanyaan Refleksi

1. Apa arti "kembali ke cinta pertama" bagi Anda secara pribadi?
2. Bagaimana gereja dapat mengembalikan kehangatan setelah tersesat?
3. Apa saja tanda-tanda bahwa Kristus benar-benar menjadi pusat perhatian lagi?

Fokus Doa

"KEMBALIKANLAH KEPADA kami sukacita karena keselamatan kami, dan perbaruilah hati yang teguh."

Berdoalah agar Anda dipulihkan dalam perjalanan Anda — bukan dalam aktivitas, melainkan dalam kasih sayang.

Aplikasi Kehidupan

KUNJUNGI "ALTAR PERTAMA" Anda — gereja, tempat, atau momen di mana Tuhan pernah bertemu Anda.

Bersyukurlah atas perjalanan yang telah Dia bawa Anda — lalu mintalah Dia untuk memperdalam pengabdian Anda.

SESI 8: Epilog — Cermin Kenabian

WAHYU 3:19–20 | Filipi 1:6

Ringkasan

"DISELAMATKAN NAMUN Tersesat" tidak berakhir dengan kekalahan, melainkan dengan pengarahan ilahi.

Ini adalah cerminan Surga bagi generasi kita — memanggil orang percaya untuk kembali berjalan, bukan berlari. Dari orang yang bertobat menjadi rekan seiman. Dari kebisingan menjadi pengetahuan.

Pertanyaan Refleksi

1. Ilusi apa yang telah Tuhan hancurkan dalam perjalanan iman Anda?
2. Bagaimana kisah ini dapat membentuk cara Anda mendidik orang lain?
3. Apa arti "ditemukan kembali" bagi Anda saat ini?

Fokus Doa

"YESUS, TERIMA KASIH sudah mengetuk. Kami membuka setiap pintu lagi."

Berdoalah agar generasi ini lebih menghargai kedalaman daripada tampilan.

Aplikasi Kehidupan

BERKOMITMENLAH UNTUK berjalan bersama satu orang percaya baru selama 40 hari.

Belajar bersama. Makan bersama. Bertumbuh bersama. Surga bersukacita atas setiap langkah.

SESI 9: Giliran Anda — Tulis Bab Anda

YOHANES 21:25 | Matius 28:19–20

Ringkasan

JIKA KISAH INI DITULIS hari ini, hidupmu akan menjadi satu halaman.

Ketaatan setiap murid menambahkan satu ayat lagi ke dalam kisah Allah yang sedang berlangsung.

Pertanyaan Refleksi

1. Apa yang akan dikatakan bab Anda?
2. Siapakah yang akan Anda muridkan selanjutnya?
3. Bagaimana kehidupan Anda akan mencerminkan hati Kristus setelah hari Minggu?

Fokus Doa

"TUHAN, TULISKAN NAMAKU dalam cerita yang masih Kau ceritakan."

Undanglah Roh Kudus untuk menyusun ketaatan Anda.

Aplikasi Kehidupan

MULAILAH MENDOKUMENTASIKAN perjalananmu.

Catat kesaksianmu. Catat pelajaranmu. Bagikan harapanmu. Suatu hari nanti, seseorang mungkin membaca hidupmu — dan bertemu Yesus.

Pemikiran Akhir:

ANDA TIDAK *diselamatkan untuk duduk* .

Anda *diselamatkan untuk melayani, bertumbuh, dan pergi* .

Setiap keputusan untuk Kristus harus menjadi perjalanan **bersama** Kristus.

Begitulah cara Surga mengukur kesuksesan—satu murid pada satu waktu.

Cara Dilahirkan Kembali dan Memulai Hidup Baru bersama Kristus

Mungkin Anda pernah berjalan bersama Yesus sebelumnya, atau mungkin Anda baru saja bertemu-Nya selama 40 hari ini. Namun saat ini, ada sesuatu di dalam diri Anda yang sedang bergejolak.

Kamu siap untuk lebih dari sekadar agama.

Kamu siap untuk **hubungan** .

Kamu siap untuk berkata, "Yesus, aku membutuhkan-Mu."

Inilah kebenarannya:

"Karena semua orang telah berbuat dosa; kita semua telah kehilangan standar kemuliaan Allah... namun Allah, dalam kasih karunia-Nya, dengan cuma-cuma membenarkan kita di hadapan-Nya."

— Roma 3:23–24 (NLT)

Keselamatan tak bisa diraih dengan usaha.

Perbaikan diri tak bisa diraih dengan usaha. Namun, Yesus sudah membayar lunas — dan Dia menunggu untuk menyambutmu pulang.

Cara Dilahirkan Kembali

Dilahirkan kembali berarti menyerahkan hidup Anda kepada Yesus — menerima pengampunan-Nya, percaya bahwa Dia mati dan bangkit kembali, dan menerima Dia sebagai Tuhan dan Juru Selamat Anda.

Sederhana. Kuat. Mengubah segalanya.

Doakan Ini Dengan Keras:

Tuhan Yesus, aku percaya Engkau adalah Putra Allah.

Aku percaya Engkau mati untuk dosa-dosaku dan bangkit kembali. Aku mengaku bahwa aku telah berdosa dan aku membutuhkan pengampunan-Mu. Hari ini, aku bertobat dan berbalik dari jalan hidupku yang lama. Aku mengundang-Mu ke dalam hidupku untuk menjadi Tuhan dan Juruselamatku. Bersihkanlah aku. Penuhi aku dengan Roh-Mu. Aku menyatakan bahwa aku telah dilahirkan kembali, diampuni, dan dibebaskan. Mulai hari ini dan seterusnya, aku akan mengikuti-Mu —dan

aku akan hidup mengikuti jejak-Mu. Terima kasih telah menyelamatkanku. Dalam nama Yesus, amin.

Langkah Berikutnya Setelah Keselamatan

1. **Beritahu Seseorang** – Bagikan keputusan Anda dengan orang yang Anda percaya.
2. **Temukan Gereja Berbasis Alkitab** – Bergabunglah dengan komunitas yang mengajarkan Firman Tuhan dan mengamalkannya. Kunjungi God's Eagle Ministries secara online melalui https://www.otakada.org [1]atau https://chat.whatsapp.com/H67spSun32DDTma8TLh0ov
3. **Dibaptis** – Ambil langkah berikutnya di depan umum untuk menyatakan iman Anda.
4. **Bacalah Alkitab Setiap Hari** – Mulailah dengan Injil Yohanes.
5. **Berdoa Setiap Hari** – Berbicara kepada Tuhan sebagai sahabat dan Bapa.
6. **Tetap Terhubung** – Kelilingi diri Anda dengan orang-orang yang mendukung langkah baru Anda.
7. **Mulailah Proses Pemuridan dalam Komunitas** – Kembangkan hubungan satu lawan satu dengan Yesus Kristus melalui tautan ini

Pemuridan 40 hari 1 - https://www.otakada.org/dapatkan-kursus-pemuridan-online-40-hari-gratis-dalam-perjalanan-bersama-jesus/[2]

40 Pemuridan 2 - https://www.otakada.org/dapatkan-gratis-40-hari-dna-perjalanan-murid-bersama-jesus-seri-2/[3]

1. https://www.otakada.org

2. https://www.otakada.org/get-free-40-days-online-discipleship-course-in-a-journey-with-jesus/

3. https://www.otakada.org/get-free-40-days-dna-of-discipleship-journey-with-jesus-series-2/

Momen Keselamatan Saya

Tanggal : ______________________

Tanda tangan : ___________________

"Jadi siapa yang ada di dalam Kristus, ia adalah ciptaan baru: yang lama sudah berlalu, sesungguhnya yang baru sudah datang!"

— 2 Korintus 5:17

Sertifikat Hidup Baru di dalam Kristus

D*eklarasi Keselamatan – Lahir Kembali oleh Kasih Karunia*
Ini menyatakan bahwa

____

(Nama Lengkap)

telah menyatakan **iman kepada Yesus Kristus**

sebagai Tuhan dan Juru Selamat dan telah menerima anugerah keselamatan cuma-cuma melalui kematian dan kebangkitan-Nya.

"Jika kamu mengaku dengan terus terang, bahwa Yesus adalah Tuhan, dan percaya dalam hatimu, bahwa Allah telah membangkitkan Dia dari antara orang mati, maka kamu akan diselamatkan."

— Roma 10:9 (TB)

Pada hari ini, surga bersukacita dan perjalanan baru dimulai.

Tanggal Keputusan : ________________________

Tanda tangan : ________________________________

Deklarasi Keselamatan

Hari ini, aku menyerahkan hidupku kepada Yesus Kristus.

Aku percaya Dia mati untuk dosa-dosaku dan bangkit kembali. Aku menerima Dia sebagai Tuhan dan Juruselamatku. Aku diampuni, dilahirkan kembali, dan diperbarui. Mulai saat ini dan seterusnya, aku akan mengikuti jejak langkah-Nya.

Selamat datang di Keluarga Allah!

Namamu tertulis di Kitab Kehidupan Anak Domba.

Kisahmu baru saja dimulai — dan abadi.

BERHUBUNG DENGAN GOD'S EAGLE MINISTRIES

- Situs web: www.otakada.org[1]
- Seri Kekayaan Melampaui Kekhawatiran: www.wealthbeyondworryseries.com[2]
- Surel: ambassador@otakada.org

- **Dukung pekerjaan ini:**

Mendukung proyek kerajaan, misi, dan sumber daya global gratis melalui pemberian yang dipimpin oleh perjanjian.

Pindai Kode QR untuk Memberi

https://tithe.ly/give?c=308311

Kemurahan hati Anda membantu kami menjangkau lebih banyak jiwa, menerjemahkan sumber daya, mendukung para misionaris, dan membangun sistem pemuridan di seluruh dunia. Terima kasih!

Give in the Spirit of Luke 6:38

1. https://www.otakada.org

2. https://www.wealthbeyondworryseries.com

3. BERGABUNGLAH DENGAN Komunitas Perjanjian WhatsApp Kami

Dapatkan pembaruan, konten renungan, dan terhubung dengan orang-orang percaya yang berpikiran perjanjian di seluruh dunia.

Pindai untuk Bergabung

https://chat.whatsapp.com/H67spSun32DDTma8TLh0ov

Tentang Penulis

Zacharias Godseagle

Zacharias Godseagle adalah seorang nabi dan pengajar yang bersemangat menghidupkan Firman Tuhan di hati orang percaya. Dikenal karena wawasannya yang mendalam tentang peperangan rohani, doa, dan pembebasan, ia telah menulis banyak renungan dan panduan kenabian yang menginspirasi transformasi dalam diri individu, keluarga, dan bangsa. Tulisannya menekankan penerapan praktis Kitab Suci untuk kemenangan sehari-hari dan kemajuan kerajaan Allah.

Comfort Ladi Ogbe

Comfort Ladi Ogbe adalah seorang wanita yang gemar berdoa, bersyafaat, dan melayani secara praktis. Ia telah mengabdikan hidupnya untuk memelihara jiwa-jiwa, membesarkan para pendoa syafaat, dan memperlengkapi para wanita dan keluarga untuk hidup dalam keutuhan—roh, jiwa, dan raga. Pengajaran dan pelayanan pastoralnya mencerminkan hati yang penuh belas kasih, menarik orang-orang ke dalam pelukan penyembuhan Kristus dan memberdayakan mereka untuk menemukan takdir yang diberikan Tuhan kepada mereka.

Duta Besar Senin O. Ogbe

Duta Besar Monday O. Ogbe adalah seorang **Ahli Strategi Transformasi Nasional** , pendeta, dan konsultan yang menjembatani strategi iman, tata kelola, dan keamanan. Ia adalah pendiri **God's Eagle Ministries (GEM)** dan telah berperan penting dalam mengembangkan cetak biru nasional untuk kepemimpinan, keamanan, dan transformasi, dengan menggunakan prinsip-prinsip kerajaan. Tulisan dan ajarannya mengajak orang percaya untuk bangkit sebagai reformator, membangun kembali bangsa melalui wawasan, teknologi, dan kolaborasi, sambil tetap berakar kuat dalam doa dan peperangan rohani.

Penerbit

Buku ini diterbitkan di bawah cetakan bersama **Zacharias Godseagle** dan **God's Eagle Ministries (GEM)** , sebuah pelayanan yang didedikasikan untuk memperlengkapi Tubuh Kristus dengan alat-alat untuk pemuridan, pembebasan, dan transformasi di bangsa-bangsa.

BUKU & SUMBER DAYA YANG DIREKOMENDASIKAN

7 HARI PERANG ROHANI & PEMULIHAN - ini Bagian 1

Mengikat Musuh, Mengembalikan Panah Tujuh Kali Lipat, dan Memulihkan Takdir Anda

https://shop.ingramspark.com/b/084?params=8mPzqUl73Ex7uPyeO7ydyt8EGkkB6u2gX1jZvWU8j1C

Tautan buku elektronik - https://www.amazon.com/DAYS-SPIRITUAL-WARFARE-RECOVERY-Returning-ebook/dp/B0FMPJM5KZ

DARI KEGELAPAN MENUJU KEKUASAAN: 40 Hari untuk Melepaskan Diri dari Cengkeraman Kegelapan yang Tersembunyi

Renungan Global tentang Kesadaran, Pembebasan & Kekuatan - Untuk Individu, Keluarga, dan Bangsa yang Siap Merdeka

BUKU BERSAMPUL TIPIS

https://shop.ingramspark.com/b/084?params=aVgp21QfwJxNANkfMxIQ0yejuFCVY12KFr978SRkZUD

Amazon - https://www.amazon.com/DARKNESS-DOMINION-Renungan-Kesadaran-Pembebasan-ebook/dp/B0FLDH2Y67[1]

1. https://www.amazon.com/DARKNESS-DOMINION-Devotional-Awareness-Deliverance-ebook/dp/B0FLDH2Y67

- *Dibebaskan dari Kuasa Kegelapan* **(Paperback)** — Beli di Sini [2]| Ebook [3]di Amazon[4]

- **Ulasan Teratas dari Amerika Serikat:**
    - **Pelanggan Kindle** : "Bacaan Kristen terbaik yang pernah ada!" (5 bintang)

PUJI TUHAN YESUS ATAS kesaksian ini. Saya sungguh diberkati dan ingin merekomendasikan semua orang untuk membaca buku ini... Karena upah dosa adalah maut, tetapi karunia Allah adalah hidup yang kekal. Shalom! Shalom!

- **Da Gster** : "Ini adalah buku yang sangat menarik dan agak aneh." (5 bintang)

Jika apa yang dikatakan dalam buku itu benar maka kita benar-benar tertinggal jauh dari apa yang mampu dilakukan musuh! ... Suatu keharusan bagi siapa pun yang ingin belajar tentang peperangan rohani.

---

2. https://shop.ingramspark.com/b/084?params=oeYbAkVTC5ao8PfdVdzwko7wi6IQimgJY2779NaqG4e
3. https://www.amazon.com/Delivered-Power-Darkness-AFRICAN-DELIVERED-ebook/dp/B0CC5MM4MV
4. https://www.amazon.com/Delivered-Power-Darkness-AFRICAN-DELIVERED-ebook/dp/B0CC5MM4MV

- **Visa** : "Suka buku ini" (5 bintang)

Ini sungguh membuka mata... sebuah pengakuan yang jujur... Akhir-akhir ini saya mencarinya ke mana-mana untuk membelinya. Senang sekali mendapatkannya dari Amazon.

- **FrankJM** : "Sangat berbeda" (4 bintang)

Buku ini mengingatkan saya betapa nyatanya peperangan rohani itu. Buku ini juga mengingatkan saya akan alasan mengenakan "Seluruh Perlengkapan Senjata Allah".

- **JenJen** : "Siapa pun yang ingin masuk surga, bacalah ini!" (5 bintang)

Buku ini sangat mengubah hidup saya. Dipadukan dengan kesaksian John Ramirez, buku ini akan membuat Anda memandang iman Anda secara berbeda. Saya sudah membacanya 6 kali!

- *Mantan Pemuja Setan: Pertukaran James* (Sampul Lunak) — Beli di Sini [5]| E-book [6]di Amazon[7]

5. https://shop.ingramspark.com/b/
084?params=I2HNGtbqJRbal8OxU3RMTApQsLLxcUCTC8zUdzDy0W1
6. https://www.amazon.com/JAMESES-Exchange-Testimony-High-Ranking-Encounters-ebook/dp/
B0DJP14JLH
7. https://www.amazon.com/JAMESES-Exchange-Testimony-High-Ranking-Encounters-ebook/dp/
B0DJP14JLH

- ***KESAKSIAN SEORANG MANTAN SETANIS Afrika*** *- Pendeta JONAS LUKUNTU MPALA* (Sampul Lunak) — Beli di Sini [8]| Ebook [9]di Amazon[10]

- *Greater Exploits 14* (Sampul Lunak) — Beli di Sini [11]| Ebook [12]di Amazon[13]

8. https://shop.ingramspark.com/b/084?params=0Aj9Sze4cYoLM5OqWrD20kgknXQQqO5AZYXcWtoMqWN
9. https://www.amazon.com/TESTIMONY-African-EX-SATANIST-Pastor-Jonas-ebook/dp/B0DJDLFKNR
10. https://www.amazon.com/TESTIMONY-African-EX-SATANIST-Pastor-Jonas-ebook/dp/B0DJDLFKNR
11. https://shop.ingramspark.com/b/084?params=772LXinQn9nCWcgq572PDsqPjkTJmpgSqrp88b0qzKb
12. https://www.amazon.com/Greater-Exploits-MYSTERIOUS-Strategies-Countermeasures-ebook/dp/B0CGHYPZ8V
13. https://www.amazon.com/Greater-Exploits-MYSTERIOUS-Strategies-Countermeasures-ebook/dp/B0CGHYPZ8V

- *Keluar dari Kuali Iblis* oleh John Ramirez — Tersedia di Amazon[14]
- *Dia Datang untuk Membebaskan Para Tawanan* oleh Rebecca Brown — Temukan di Amazon[15]

BUKU LAIN YANG DITERBITKAN oleh penulis - Lebih dari 1000 judul

Dicintai, Dipilih dan Utuh : Perjalanan 30 Hari dari Penolakan hingga **Pemulihan** diterjemahkan ke dalam 40 bahasa di dunia

https://www.amazon.com/Loved-Chosen-Whole-Rejection-Restoration-ebook/dp/B0F9VSD8WL

https://shop.ingramspark.com/b/084?params=xga0WR16muFUwCoeMUBHQ6HwYjddLGpugQHb3DVa5hE

14. https://www.amazon.com/Out-Devils-Cauldron-John-Ramirez/dp/0985604306

15. https://www.amazon.com/He-Came-Set-Captives-Free/dp/0883683239

Loved, Chosen
and Whole
A 30-Day Journey
from Rejection to
Restoration

MENGIKUTI JEJAKNYA — Tantangan WWJD 40 Hari: Hidup Seperti Yesus dalam Kisah Nyata di Seluruh Dunia

https://www.amazon.com/His-Steps-Challenge-Real-Life-Stories-ebook/dp/B0FCYTL5MG

https://shop.ingramspark.com/b/084?params=DuNTWS59IbkySKtGFbCbEFdv3Zg0FaITUEvlK49yLzB

YESUS DI PINTU:

40 Kisah Memilukan dan Peringatan Terakhir Surga untuk Gereja-gereja MASA KINI

https://www.amazon.com/dp/B0FDX31L9F

https://shop.ingramspark.com/b/084?params=TpdA5j8WPvw83glJ12N1B3nf8LQte2a1lIEy32bHcGg

KEHIDUPAN PERJANJIAN: 40 Hari Berjalan dalam Berkat Ulangan 28

- https://www.amazon.com/dp/B0FFJCLDB5

Kisah dari Orang Nyata, Kepatuhan Nyata, dan Kisah Nyata
https://shop.ingramspark.com/b/084?params=bH3pzfz1zdCOLpbs7tZYJNYgGcYfU32VMz3J3a4e2Qt

TRANSFORMASI DALAM lebih dari 20 bahasa

MENGENAL DIA & MENGENAL DIA:
40 Hari Menuju Penyembuhan, Pemahaman, dan Cinta Abadi

HTTPS://WWW.AMAZON.com/MENGENAL-DIA-DIA-Penyembuhan-Pemahaman-ebook/dp/B0FGC4V3D9[16]

https://shop.ingramspark.com/b/084?params=vC6KCLoI7Nnum24BVmBtSme9i6k59p3oynaZOY4B9Rd

LENGKAP, BUKAN BERSAING:
Perjalanan 40 Hari Menuju Tujuan, Persatuan, dan Kolaborasi

16. https://www.amazon.com/KNOWING-HER-HIM-Healing-Understanding-ebook/dp/B0FGC4V3D9

HTTPS://SHOP.INGRAMSPARK.com/b/084?params=5E4v1tHgeTqOOuEtfTYUzZDzLyXLee30cqYo0Ov9941[17]

https://www.amazon.com/SELESAI-TIDAK-BERSAING-Perjalanan-Kolaborasi-ebook/dp/B0FGGL1XSQ/[18]

17. https://shop.ingramspark.com/b/084?params=5E4v1tHgeTqOOuEtfTYUzZDzLyXLee30cqYo0Ov9941

18. https://www.amazon.com/COMPLETE-NOT-COMPETE-Journey-Collaboration-ebook/dp/B0FGGL1XSQ/

KODE KESEHATAN ILAHI - 40 Kunci Harian untuk Mengaktifkan Penyembuhan Melalui Firman Tuhan dan Ciptaan Membuka Kekuatan Penyembuhan dari Tumbuhan, Doa, dan Tindakan Kenabian

HTTPS://SHOP.INGRAMSPARK.com/b/
084?params=xkZMrYcEHnrJDhe1wuHHYixZDViiArCeJ6PbNMTbTux[19]
https://www.amazon.com/dp/B0FHJT42TK

19. https://shop.ingramspark.com/b/
084?params=xkZMrYcEHnrJDhe1wuHHYixZDViiArCeJ6PbNMTbTux

BUKU-BUKU LAINNYA DAPAT ditemukan di halaman penulis https://www.amazon.com/stores/Ambassador-Monday-O.-Ogbe/author/B07MSBPFNX

www.ingramcontent.com/pod-product-compliance
Lightning Source LLC
LaVergne TN
LVHW042051051026
849517LV00012B/889